KEITAI
SHOUSETSU
BUNKO
野いちご SINCE 2009

# 総長さま、溺愛中につき。
# SPECIAL
## ～最大級に愛されちゃってます～

＊ あ い ら ＊

JN020282

STARTS
スターツ出版株式会社

イラスト／朝香のりこ

圧倒的な力でNo.1の座に君臨していた
国内トップクラスの暴走族を、
たったひとりで潰したのは――。
『サラ』と呼ばれた、絶世の美少女。

「今日もかわいいな……」

「これ以上かわいくなってどうするんだ……？
心配になるからやめてくれ」

真実の愛を見つけ、蓮とラブラブ生活を送る由姫。
だったけど――。

「はぁ……西園寺になりてぇ……」
「由姫とふたりだから、緊張してるのかも」
「もう、離れていかないで……」

「……俺、いつかお前から由姫を奪うぞ」

諦めの悪いイケメン男子たちとの逆ハー生活も
相変わらず継続中のようです♡

総長さま、溺愛中につき。
溺愛必至のシリーズ番外編集。
※主人公争奪戦は、ヒートアップしている模様です※

伝説を作った
最強の美少女

同一
人物

**主人公**

白咲 由姫 (しらさき ゆき) 通り名/**サラ**

2年

ワケありで地味子ちゃんに変装中。本来の姿はとてつもなくかわいいが本人は気づいていない。サラであることをずっと秘密にしていたが、今は正体を明かしている。

サラ
本当の姿

nobleの副総長兼・生徒会副会長。誰にでも優しいが、中身は真っ黒。とある理由でサラを必死に探していた。

東 舜 (あずま しゅん)

3年

nobleの幹部。情報収集をしていて、勘がよい。生徒会会計。学園のアイドル的存在で、小悪魔。サラに憧れ暴走族に入る。

南 凛太郎 (みなみ りんたろう)

3年

# チーム noble

noble の最強総長で由姫の彼氏

恋人同士

由姫
地味子の姿

西園寺 蓮　3年
（さいおんじ れん）

最強の暴走族であるnobleの総長。女嫌いでクール。生徒会長も務めている。地味子姿の由姫の優しさに惚れ、由姫の彼氏に。さらに溺愛を加速させている。

nobleの幹部。特攻隊長で、まわりからの信頼が厚い男の中の男。生徒会書記。女に興味はないが、サラは別。

由姫のクラス内のリーダー的存在。蓮たちからは次期総長候補として一目置かれている。優しく穏やかな性格で、カリスマ性を持つ男。

滝 勇治　3年
（たき ゆうじ）

新堂 海　2年
（しんどう かい）

fatalの
危険な総長
&
風紀委員長

**3年**

### 天王寺 春季
（てんのうじ はるき）

fatalの総長で、風紀委員長。サラの元彼氏で、サラを溺愛している。すべてにおいて無気力で、今もサラ以外興味がない。

**2年**

### 如月 華生（左）&弥生（右）
（きさらぎ かよい）（やよい）

由姫のクラスメイトの生意気な双子。海とは所属が違うため仲が悪い。由姫のことが気に入り、常に由姫にべったり。

**3年**

### 千里 秋人
（せんり あきど）

fatalの副総長で風紀副委員長。極度の面食いのため、変装をした由姫に対する扱いがひどい。美少女なサラの顔は、好みの顔No.1と断言している。

**3年**

### 鳳 冬夜
（おおどり とうや）

fatalの幹部で、風紀委員メンバー。ケンカの先頭を率いることが多々ある。気分屋な総長に呆れ気味。サラが好きで、昔から片想いしている。fatal唯一の常識人。

**3年**

### 難波 夏目
（なんば なつめ）

fatal幹部＆風紀委員メンバー。可愛い見た目とは裏腹に、ケンカっ早く悪魔のような性格。サラの笑顔に惚れていて、春季からいつか奪おうと企んでいた。

由姫が大好きすぎる
孤高の一匹狼

氷高 拓真（ひだかたくま） 2年

チームに属していない一匹狼。校内では
ケンカが強く恐れられている存在だが、
由姫とは幼なじみで、クラスメイト。
双子の華生・弥生とは犬猿の仲。

## 『総長さま、溺愛中につき。』ダイジェスト…

主人公の由姫は、"サラ"の通り名で伝説を作ってきたケンカ最強の美
少女。ふだんは地味子の姿で過ごし、サラであることを隠していたけ
れど、なぜか転校先のイケメン不良くんたちに次々と気に入られてし
まい!? なかでも、生徒会長で最強総長の蓮は由姫の優しさにベタ
惚れ。元恋人・春季の浮気による別れや、サラをめぐる数々の困難を
乗り越え、ようやく蓮と由姫は結ばれる。由姫は秘密を隠すことを止
め、地味子から一転、校内で話題の美少女に。由姫争奪戦はひと段落
したように思えたが、まだまだ不良くんたちは由姫ラブで…!?

# contents ☆

**コスプレパニック!?**

| | |
|---|---|
| ハロウィンパーティー | 12 |
| コスプレ? | 19 |
| 優しい恋人 | 29 |
| 小悪魔衣装? | 37 |
| 本日の主役 | 42 |
| 最高のハロウィンデー | 55 |

**由姫争奪戦は止まらない!**
~ noble&fatal メンバーとのラブエピソード~

| | |
|---|---|
| 緊急デート? | 62 |
| キミのための嘘。 | 76 |
| 助けて由姫! | 102 |
| もしもの話。 | 138 |
| 氷高家 | 156 |
| 由姫独占ミッション | 177 |
| 蓮不在日和 | 199 |

**これからもずっと一緒に**
**〜最愛の人は総長さま〜**

浮気疑惑　　　　　　　　222

「かわいい」禁止令　　　252

甘い夜　　　　　　　　　267


あとがき　　　　　　　　286

# コスプレパニック!?

# ハロウィンパーティー

【side夏目】

「あ～、つまんね～」

　体育の授業中。バスケの練習試合で自分たちの番が終わり、体育館の隅で休憩していた。

　由姫と再会してから、今までなら普通にサボっていた体育の授業も出席するようになった。

　俺だけじゃなく、この場に集まっている春季、秋人も。

　冬夜はまあ、もとからサボるようなやつじゃなかったからいつも通りだけど。

　することもなく、４人で隅でだべっていた。

　それにしても……。

「せっかく由姫が近くにいんのに、昼休みしか会えねーとか地獄……」

　できることなら、毎時間でも会いに行きたいのに……。

　頻繁に教室に行くのは騒ぎになるからやめろと止められているし、由姫の周りにいる１年たちも鬱陶しい。

　それに、何よりnobleの幹部連中が目を光らせている。

　まあ、一番の理由は……由姫に会いに行く、口実がないということ。

　本当はふたりでどっか行ったりしたいけど、今の俺じゃ断られるかもしれないし……。

「由姫と遊びたい……」

「そうだね」

　俺の独り言に、冬夜が頷いた。

「nobleのやつらが金魚の糞みたいに付き添ってるからなぁ……」

　秋人も盛大なため息をついて、隣にいる春季もめんどくさそうに舌打ちをした。

　なんかいい案、ねぇかなぁ……。

「ねぇ、弓道部のハロウィンパーティー何着て行く？」

　少し離れたところで、話している女子の会話が耳に入ってきた。

「あたしは無難にメイドかな〜」

「ウケ狙って猫の着ぐるみとかで行こうかな」

「え〜、もっとかわいいコスプレにしようよ〜」

　ハロウィンパーティー……？

「……っ！　それだ！」

　閃いて、思わず大きな声が出た。

　秋人と春季が、うるさそうに俺を見ている。

　お前ら、そんな顔していいのか？　俺様、超いいこと思いついちゃったのに！

「由姫誘って、ハロウィンパーティーしよう!!」

　俺の意見に、３人はきょとんとマヌケな顔でこっちを見ている。

　ふふっ、驚いたか……。

「ハロウィンって言ったら甘いもんじゃん！　菓子パー

ティーみたいな体で誘えば、絶対来てくれるって……！」

　由姫は甘いものには目がないから、断られることはないはず……!!

「まあそうだろうけど……餌づけみたいじゃない？」

　冬夜が、あははと乾いた笑みをこぼした。

「手段なんか選んでられないだろ！　俺は由姫と遊びてーの!!　それにさ……」

　何より、ハロウィンパーティーの醍醐味といえば……。

「由姫のコスプレ、見たくない？」

　その言葉に、３人がぴたりと動きを止めた。

　どいつもこいつも澄ました顔してっけど、所詮は男子高校生。好きな相手のいつもと違う姿なんて……見たくないやつはいないだろう。

　３人とも少しの間固まっていたかと思えば、春季が突然俺のほうに手を伸ばした。

　そのまま、頭を殴られる。

「いてっ……!!　本気で殴っただろ……!!」

「死ね」

　蔑むような目で俺を見てくる春季を、キッと睨みつけた。

「じゃあお前は見たくねーのかよ!!」

「……」

　無言のまま返事をしない春季の姿に、笑いをこらえる。

　普段クールぶってるくせに、こいつも由姫のことになるとただの男だな。

「春季、お前意外と変た……」

「死ね」

　秋人の決定的言葉を遮（さえぎ）って、また暴言を吐く春季。

　由姫が関わると、春季もバカになるよな……ま、俺もだけどさ。

「ていうか、どっちにしろnobleの目がやっかいじゃない？」

　秋人の言葉に、俺もうーんと頭を悩ませる。

　それなんだよな……邪魔（じゃま）されるのは必須（ひっす）。

　ただ、西園寺は由姫が行きたいって言えば、反対はしなさそう。

　現に、俺たちが由姫と昼飯を食べているのも目を瞑（つむ）っている。……いや、まあ実際nobleもいつもいるし、ちゃっかり由姫の隣陣（となりじん）取ってるけど。

　ただあいつは、本当にnoble歴代最強と謳（うた）われている男なのかと疑問に思うほど由姫に甘い。それはもう、砂糖を吐きそうなほど甘い。

　独占欲はやばそうだけど、実際由姫の行動を縛るようなことはしなさそうだし……多分、由姫が頼めばオッケーするだろう。

　……まあ、西園寺も参加とかになるのは絶対遠慮したいけど……。

「メッセージ送って聞いてみる？」

　冬夜の言葉に、すぐに首を横に振る。

「いや！　直接誘いに行く！」

　せっかくの由姫に会える口実を、わざわざ減らしたくな

いし……！

「次の休み時間に行ってくんな！」

　授業終わったら即刻着替えて由姫の教室までダッシュだ……！

　普通の授業中だったら、nobleのやつらに怪しまれるだろうけど、あいつらいっつもちんたら着替えしてるから大丈夫だろ。

「……俺も行く」

　……は？

「俺も俺も。抜け駆けは禁止ね」

　春季に続き、秋人までそんなことを言ってくる。

　ちっ。せっかく俺がひとりで行こうと思ったのに……。

「ていうかさ、ハロウィンパーティーって……俺たちもコスプレっていうか、仮装しなきゃいけないってこと？」

　思い出したように、少し嫌そうな顔で言ってくる冬夜。

「適当にかぼちゃでもかぶってればいいんだよ！　由姫以外の仮装とか興味ねーし。しかも野郎のとか」

　お前たちがどんな格好してよーがなんとも思わねーよ……。

「文化祭で使った衣装とか残ってるし、適当に使お」

　秋人は意外とノリノリなのか、楽しそうにしている。

　まあ、こいつこういうチャラチャラしたイベント好きだしな……。

　それに比べて春季はイベントごととか面倒くさがるタイプだから、マジでかぼちゃかぶってきそうだ。

　にしても……。

「由姫の仮装かぁ……」

　何着てきてくれるだろう……。

　まだ参加してくれるかも決まっていないけど、俺の頭の中にはいろんな可能性が浮かぶ。

　由姫なら、何着ても似合うっていうか、最高……。

　──ゴツンッ！

「……本気で死ね」

　いっ……!?

　さっき以上に重たい拳が降ってきて、脳みそが揺れた気がした。

　こいつ、マジで殺す気かよッ……！

「ちょっと、fatal のみんなサボり～？　最近真面目に授業受けてると思ってたけど、由姫にチクっちゃお～」

　ドリブルをしながら、近づいてきた南。

　もう試合終わったのか……？　つーか、由姫の名前出すんじゃねーよ。

　noble のやつらが我が物顔で由姫の名前を口にするたび、苛立って仕方ない。

　由姫はもとはと言えば、俺たちの仲間だっつーの……。

　他のやつらもきっと、同じ気持ちだ。まあ、冬夜は知らねーけど。

「……コロスぞ」

　春季が、鋭い眼光を南に向けている。

「えー、無理無理。僕のほうが強いし」

「……コロス」

「殺り返してあげる」

　ちっ、くそっ……余裕ぶっこいてられんのも今のうちだからな……。

　とにかく、今はハロウィンパーティーに由姫に来てもらうことだけを考えるか。

　絶対に由姫に楽しんでもらえるパーティーにするし、nobleのやつといるより俺たちといたほうが楽しいって思ってもらえるように頑張んぞ……!!

## コスプレ？

「起立、礼」

　５時間目の授業が終わって、ふぅ……と一息つく。

「由姫〜!!」

　うんっと伸びをした時、廊下側から声が聞こえた。

　この声は……なっちゃん？

　驚いて振り向くと、ほぼ同時に視界が塞がれた。

　なっちゃんにぎゅっと抱きつかれ、目の前が見えなくなる。

「わっ、なっちゃん……！　どうしたの？」

　突然のことに驚いてそう聞けば、「えへへ」という可愛い笑い声が返ってきた。

　こんな休み時間に突然くるなんて、いったいどうしたんだろう……？

　随分ご機嫌みたいだけど……。

「おい、離れろ」

　拓ちゃんの声とともに、視界が開く。

　どうやら、拓ちゃんがなっちゃんの体を引き離してくれたみたい。

「あ゛？　誰にんな口聞いてんだよ」

「てめーだよチビ」

「チビじゃねーよ……!!　お前後でブッコロスから覚えてろよ」

　ぼそぼそと話しているふたりに、首を傾げる。

「なっちゃん……？」

「ふふっ、何にもないよ〜」

　私を見て、にこっといつもの笑顔を浮かべたなっちゃん。

「くそ猫かぶり野郎が……」

　拓ちゃんが、舌打ちと一緒にそうこぼした。

　……って、あれ？

　よく見ると、他のfatalのメンバーも教室に来ていた。

「来ちゃった」

「由姫……今日もかわいい」

「ごめんね由姫、押しかけて……」

　後ろから、秋ちゃんと春ちゃん。そして申し訳なさそうなふゆくんの姿が。

「冬夜さんはいいっすけど、他の人たちは何の用ですか？」

「ここ２年の教室なんで、冬夜さん以外の３年の出入りは遠慮したいんですけど」

　私の代わりに答えた弥生くんと華生くんが、fatalのみんなをじーっと睨んでいた。

　たまにfatalのみんなが教室に来てくれるようになったけど、いつもこうなる。

　拓ちゃんも、後ろから怖い顔をしながら威嚇していて、私は苦笑いがこぼれた。

「お前ら、ほんと生意気になったね」

　秋ちゃんが、弥生くんと華生くんを見ながら笑顔を浮かべている。

　けど、目が笑ってないように見えた。

「先輩たちのご指導のおかげで」

「やっぱり、後輩は先輩に似るんですかね。って、秋人さんに似るとか嫌ですけど」

　な、なんだかバチバチしてる……？

「はいはい、教室内で火花散らすのやめてくださいね。他の生徒が萎縮してるんで」

　言葉通り火花を散らしあっていた3人の間に入るように、海くんが言った。

「新堂くん、だっけ？　部外者は黙っててくれる？」

　あ、秋ちゃん、やっぱり目が怒ってるっ……。

「み、みんな、どうしたの？」

　とにかく教室に来てくれた訳を聞こうと、笑顔でそう問いかけた。

　すると、なっちゃんが目を輝かせて、私の手をぎゅっと掴んできた。

「あのね、ちょっと話があるから来て！」

　話……？

「うん」

「ストップ」

　言われるがままついて行こうとした時、逆側の手を海くんに掴まれた。

「あ゙？」

　なっちゃんが、海くんを睨みつける。

　海くんは少しもひるむことなく、いつもの笑顔で口を開いた。

「ダメです。由姫をfatalの人たちとだけにさせるのは禁止されてるんで」

　え？　禁止？　誰に……？

　初耳の話に、首を傾げる。

「お前になんの権限があんの？」

「俺、由姫の護衛なんです。強行するって言うなら俺が相手になりますし、nobleの人たちにも報告します」

　なっちゃんの言葉に、海くんが表情を変えずに答えた。

　私の護衛……？　いつの間に……？

「ちっ……せっかく俺たちだけで……」

　ぼそりとなっちゃんが呟いた気がしたけど、聞き取れなかった。

「まあ、どうせnobleの耳にも入るだろうし、諦めなよ夏目」

　ぽんっと、なっちゃんの肩を叩いたふゆくん。

　ふゆくんは私のほうを見ながら、にこっと微笑んで口を開いた。

「実は……ハロウィンパーティーをしようって話になったんだ」

「ハロウィンパーティー？」

　何それ……？

　もちろん、聞いたことはあるけど……。

「俺たちと由姫で！　お菓子持ち寄ってさ！」

「お菓子……！」

　その単語に、私は勢いよく反応した。

　くすっと、春ちゃんが笑う。

「由姫はほんとに、甘いものに目がないな」

　うん！と、大きく頷く。

　食い意地を張っていると思われても、甘いものだけは譲れない。

「俺たち、美味しいスイーツいーっぱい用意するからさ！由姫も来てよ……！」

　なっちゃんの言葉に、私が首を横に振るわけがなかった。

　美味しいスイーツ……！

「行きたい……！」

　昔もよくなっちゃんは、オススメのスイーツを持ってきては私に食べさせてくれた。

　なっちゃんのチョイスは外れがなく、どれも美味しかった記憶しかない。

　ハロウィンパーティー、絶対に行きたい……！

　でも……。

「蓮さんに確認しなきゃ」

　一応、fatalの人間を警戒している蓮さん。

　ただでさえ心配だから男とふたりにならないでくれって言われているし、fatalのみんなとパーティーとなったら、却下されるかもしれない。

　私の言葉に、ふゆくん以外のfatalのみんなが顔をしかめた。

「そうだよね。西園寺からも許可が下りたら、ぜひ来て欲しい」

　ふゆくんがそう言って、私の頭を撫でてくれる。

「うん……！　すごく楽しそう……！」

「おい、どさくさに紛れて頭撫でてんじゃねーぞ」

　拓ちゃんに手を振り払われ、ふゆくんはあははと笑った。

「でも、急にどうしてハロウィンパーティーなんて……」

　私がfatalにいた頃は、そんなイベントなかった気がするけど……いつもしてるのかな？

　私の質問に、なっちゃんは一瞬「えっと……」と悩んだ後、照れ臭そうに言った。

「イベントごとって少ないからさ、由姫にも楽しんでもらいたいなって思って……」

　なっちゃん……。

　かわいい笑顔に、母性本能がくすぐられた。

「ふふっ、ありがとう」

　お礼を言えば、なっちゃんもえへへと笑ってくれた。

「なんか嘘っぽいんだよなぁ……裏がありそうっていうか……」

　ん……？　海くん、何か言った……？

「「由姫が参加するなら俺たちも」」

　弥生くんと華生くんが、私の肩に手を置いて声を揃えた。

　あれ？　ふたりも聞いてなかったの？　fatalのハロウィンパーティーだから、てっきりふたりは知っていたんだと思っていた。

「俺も監視役として参加させてもらいますね」

　笑顔を貼り付けた海くんも、参加を表明した。

「百歩譲って双子はいいとして、nobleの人間に参加資格

はないよ」

　えっ……そ、そうなの……？

　秋ちゃんのセリフに、私は肩を落とした。

「それなら、私もfatalじゃないから……」

　参加しちゃ、ダメなんじゃないかな……？

「う、嘘嘘!!　大歓迎!!」

　私が言い切るよりも先に、秋ちゃんが前言を撤回。

　よかった……！

「おい、予定が違うじゃねーか……！」

「由姫がいなきゃ意味ないだろ……！　野郎だけでハロ
ウィンパーティーとかするかっつーの……！」

　こそこそ話をしている秋ちゃんとなっちゃんに、また首
を傾げる。

　ひとまず、返事は保留させてもらって、蓮さんに確認し
ようっ！

「それじゃあ、蓮さんに聞いてから連絡するね！」

「うん！　待ってる！」

　こくこくと頷くなっちゃんがかわいらしくて、また笑み
が溢れた。

「ちなみに、ハロウィンパーティーだから、参加者は仮装
必須だよ！」

　え……？

「仮装……？」

　確かに、ハロウィンといえば仮装をするイベントが流
行っているみたいだけど……。

「仮装……!?」

「由姫に何着せるつもりですか……!?」

　弥生くんと華生くんが、大きな声で叫んだ。

　さっきまで終始笑顔だった海くんも、なんだか怖い顔になっている。

　拓ちゃんなんて、目線で人を殺めちゃいそうなほど目つきが悪くなっている。

「衣装は各々ご自由に！　好きな衣装着てきてね！」

　うーん……衣装かぁ……何も持ってないけど……。

　なっちゃんが目を輝かせているから、とりあえず「わかった」と返事をしようと思った時。

「断る」

　私の声を遮るように、拓ちゃんが答えた。

「部外者は黙ってろ」

　あ、秋ちゃんまで顔が怖い……。

「部外者じゃねーよ。俺は由姫の幼なじみだ。"無関係"のてめーらと一緒にすんな」

「……あ？」

　ど、どうしよう、雰囲気が最悪だっ……！

「あ、秋ちゃん拓ちゃん、喧嘩しないでっ……」

　拓ちゃんが心配してくれるのは嬉しいけど、私はできれば、みんなには仲良くしてもらいたい……。

「け、喧嘩じゃないからな……！　俺もこいつも怒ってないから」

「そうだよ由姫！　みんな仲良いから！」

　拓ちゃんと秋ちゃんの言葉に安心して、「よかった」と微笑んだ。

「そうそう、喧嘩は由姫のいないところでお願いしますね」

「……新堂、うっせーぞ」

　ぼそっと拓ちゃんが何か言った後、ふゆくんが時計を確認してみんなのほうを見た。

「そろそろ戻らないと授業に遅れるから、帰ろう」

　あっ、ほんとだ、もうこんな時間……！

「それじゃあ、またね！」

　4人に手を振ると、みんな同じように手を振り返してくれる。

「バイバイ！」と言って、教室から出て行った。

　途端、拓ちゃんが大きなため息を吐き出す。

「ちっ……相変わらず邪魔なやつらだな。あいつら、由姫に仮装させたいだけだろ……」

　え……？

「ま、何かあっても俺が守るから大丈夫」

「お前も信用ならねーよ」

　海くんと拓ちゃんの会話に、弥生くんと華生くんも口を開いた。

「まあ、西園寺が許さないでしょ」

「そうだね、あの独占欲の化身が許すはずない」

　えっと……蓮さんの話だよね？

　独占欲の化身……？　そんなことないと思うけどっ……。

「いや、俺は許可してくれるに賭けるね」

　海くんの意見に、３人が眉間にしわを寄せた。

「は？」

「「なんでだよ」」

　これって、ハロウィンパーティーの参加を許してくれるかどうかの話だよね？

　賭けにするほどのことでもないと思うけどっ……。

　海くんが、ふふっと笑った。

「確かにあの人は嫉妬深いけど……それ以上に、由姫のお願いは断れない人だから」

　嫉妬深いという部分は置いておいて、海くんの言う通り、蓮さんは私がしたお願いを断ることはない。

　優しいから、いつも私の希望を聞いてくれる。

　蓮さんは優しくて頼もしくて、本当に素敵な恋人。

　付き合ってからまだ日は浅いけど、この人とずっと一緒にいたいって思う。

　蓮さんのことを考えたら会いたくなってきて、そんな自分に恥ずかしくなった。

　さっきのお昼休み、食堂で会ったばかりなのに……もう会いたいなんて……。

　重症だな……と、赤くなった顔を冷ますようにパタパタと手で仰いだ。

　ひとまず、今日の生徒会の時にでも、蓮さんに聞かなきゃ……！

　ハロウィンパーティー……美味しいスイーツ……楽しみだなぁっ……。

## 優しい恋人

「由姫」

　授業が終わると、いつものように蓮さんが迎えに来てくれた。

　カバンを持って、すぐに蓮さんのもとへ駆け寄る。

「蓮さん……！」

「行くか？」

「はいっ」

　みんなにバイバイして、蓮さんと教室を出た。

　ふたりで一緒に、生徒会室へ向かう。

　今日はこんなことがあったとか、家族からこんなメッセージが来たとか、私のつまらない話を、いつも笑いながら聞いてくれる蓮さん。

　蓮さんは相変わらず過保護なくらい優しくて、毎日大切にしてもらっているなと、実感させてくれる。

　生徒会室について、「お疲れ様です」と挨拶をして中に入る。

　中には、舜先輩と滝先輩、南くんの姿があった。

　みんな挨拶を返してくれて、私は自分の席に着いた。

　よし、今日も仕事がたくさん……！　頑張って終わらせるぞー！

「ねえ由姫、今日fatalの奴らが由姫のところに行かなかった？」

　いつの間に後ろにいたのか、背後から聞いてきた南くんにびっくりした。

　fatalのみんなが……？って、5時間目の休み時間のことかな？

「うん。来たよ！」

　私の返事に、南くんだけではなくみんなが驚きの表情を浮かべていた。

「ちっ……殺す」

　え？　れ、蓮さんから、物騒《ぶっそう》な言葉が飛び出したような気が……。

「……やっぱり、5時間目の終わり？」

　南くんの質問に、こくりと頷く。

　私の返事に、南くんは頬を膨らませた。

「体育終わってからみんな急いで出て行ったから、もしかしてと思ってさ……ほんと、隅に置けないよね」

「チャイムとほぼ同時に教室に戻ったから、あいつらがいなかったことに気づかなかったな……」

　滝先輩が、盛大にため息を吐いた。

　自分の席に座っていた舜先輩が立ち上がって、私のほうへ歩み寄ってくる。

「何を言われたんだ？」

　心配そうに聞かれて、私はfatalのみんなとの約束を思い出した。

　そうだ、ハロウィンパーティーのこと、聞かなきゃ……！

「あの、蓮さん……！」

「ん?」

　名前を呼ぶと、すぐに私のほうへ来てくれる。

「実はお願いがあって……」

「どうした?　なんでも言え」

　優しく微笑んで、頭を撫でてきた蓮さんに、少しだけ気恥ずかしくなる。

　最近、こういうことがよくあった。

　見つめる瞳が甘すぎて、直視できないっ……。

「あっまあまだな～。吐きそう～」

　背後から南くんの茶化すような声が聞こえ、ハッと我に返る。

　みんなの前で、恥ずかしいっ……。

　と、とにかく、蓮さんに聞かなきゃ……!

「実は……fatalのみんなが、ハロウィンパーティーに誘ってくれて……」

「「「却下」」」

　私が全てを言い切るより先に、否定の声が上がった。

　しかも、蓮さんだけではなく、舜先輩と南くんの声も重なった。

「え……?」

　一刀両断され、ぽかんと開いた口がふさがらなくなる。

「俺も反対だな……」

　追い討ちをかけるように、滝先輩までもがそう口にした。

　きっと即オッケーはもらえないだろうから頑張って説得しようと思ってはいたけど、まさかここまできっぱり断ら

れるとは……。

　蓮さんだけじゃなく、3人にまでっ……。

　でも、スイーツ……食べたいなぁ……。

　それに、純粋にハロウィンを楽しみたい気持ちもある。賑やかな場は好きだし、美味しいお菓子を食べながらみんなでいろんな話をしたい。

　でも……。

「やっぱり、ダメですか……？」

　どうしても、蓮さんがダメって言うなら……これ以上わがままは言えないよね……。

　蓮さんが心配して言ってくれているのはわかっているし、蓮さんが嫌がることはしたくないっ……。

　じっと見つめると、蓮さんがうっと苦しそうに唸った。

「……待て、まずどうしてそんなことになった？」

「えっと、さっき教室にみんなが来てくれて、美味しいお菓子を持ち寄ってパーティーをしようって……」

　私の返事に、蓮さんがため息を吐いた。

　蓮さんだけじゃなく、他のみんなもやや呆れ気味。

「由姫、お菓子につられたでしょ？」

　南くんに図星を突かれ、「うっ……」と言葉に詰まった。

「ハロウィンパーティーとやらがしたいなら、生徒会で開いてやる」

　えっ……。

　それは、fatalのみんなは断って、ってことだよね……？

　やっぱり、ダメかぁ……。

　ハロウィンパーティーを開いてくれるという蓮さんの気持ちは嬉しいけれど、fatalのみんなに申し訳なくなった。

　fatalのみんなの誘いを断ってnobleで……ていうのも、fatalのみんなに失礼な気がするけど……蓮さんが言うなら仕方ない。

「まあ、由姫的には断り辛いよね」

　南くんが気を使ってくれたけど、笑顔で首を横に振った。

「ううん……！　ちゃんと断るよ！」

　なっちゃんたちオススメのスイーツはすごく楽しみだったけど、蓮さんが嫌がることはしたくない。

　私にとって、fatalのみんなは友達で、友情以外の気持ちはないけれど、蓮さんからしたらそう納得できるものでもないと思う。

　私だって、蓮さんが異性の友達と親しくしていたら、少しは不安になると思うから……。

　あとでふゆくんに、断りの連絡を入れておこう。

　そう諦めをつけた時、頭上からため息が降ってきた。

「……わかった」

「え？」

　蓮さん……？

「ただし、俺も参加する。場所は生徒会室だ。呼ぶのも幹部以上の人間だけだぞ」

　えっと……それは、いいってこと……？

「い、いいんですかっ……？」

「……ああ」

　少し不満そうに言った蓮さんに、私は目を輝かせた。

「……お前、由姫に甘すぎるぞ」

「うるせーな」

　舜先輩に呆れられて悪態を吐いている蓮さんに口元が緩んだ。

　嬉しいっ……！

「蓮さん大好きですっ……！」

　たまらず、蓮さんにぎゅっと抱きついた。

　蓮さんは驚いた顔で私を受け止め、ふっと笑った。

「……当日は、あんまり他のやつとベタベタしないでくれ。俺の隣にいろ」

「はいっ……！」

　言われなくても、蓮さんもいてくれるならずっと蓮さんの隣にいたい。

「ごほっ、ごほっ」

　南くんの、わざとらしい咳払いの音にハッと我に返る。

　勢いで抱きついてしまったけど……み、みんなの前だったっ……。

　慌てて蓮さんから離れ、ごまかすように髪を掻いた。

　は、恥ずかしい……。

「ていうか、僕も参加しよっと」

「俺も行こう」

「ああ、生徒会でするなら俺たちも行かないとな」

　南くん、滝先輩、舜先輩も参加の意を表明し、私は笑顔で頷いた。

　人数が多いほうが楽しいよねっ……！

　こういうイベントごとは久しぶりだから、ますます楽しみになった。

「そういえば今のところ誰が参加する予定なの？」

「えっと……なっちゃんと秋ちゃんと春ちゃんとふゆくんと……華生くんと弥生くんと、海くんと拓ちゃん！」

「由姫のいつメンとfatalって感じだね～」

　南くんが、少し面白くなさそうにそう零した。

「ちっ……やっかいな連中しかいねーな……」

　メンバーに不満があるのか、蓮さんも顔をしかめている。

　あはは……けど、確かにnobleとfatalでパーティーって、なんだかすごいような……。

　私のわがままに付き合ってもらっているのは申し訳ないけれど、みんなで仲良くできるのは嬉しい。

　できれば、前総長の時みたいに、nobleとfatalが仲良くできたらな……なんて、私のエゴでしかないけど……。

　そんな未来が来たら嬉しいなと、想像して頬が緩んだ。

「あ！　そういえば、仮装もするって言ってました」

　忘れていたことを思い出し、言っておかないとと声を上げる。

　衣装の準備とかがあるだろうし、伝えておいたほうがいいだろう。

「……は？」

　４人の声が、綺麗（きれい）に重なった。

　みんな、目を見開いてこっちを見ている。

　そんなに驚くことかな……？　ハロウィンと言えば、仮
装だよね……？

「お菓子も楽しみだけど、みんながどんな格好してくるの
かも楽しみ……！」

　うきうきしている私を傍目に、みんなはみるみる怖い顔
になる。

　ど、どうしたの……？

「……おい、あいつら潰しに行くぞ」

　えっ……!?

　蓮さんの第一声に、耳を疑った。つ、潰しに行く……？

「さんせーい！」

「やはりnobleだけでするか」

「そうだな滝。あいつらは危険だ」

　南くんが叫び、滝先輩がため息を吐き、舜先輩がメガネ
を持ち上げた。

　みんな、どこかへ行こうと歩き出す。

「えっ……！　ま、待ってみんな……！」

　私はひとり、慌ててみんなを止めた。

## 小悪魔衣装？

　ハロウィンパーティーが翌日に迫った土曜日。

　教室に着くと、まだ4人は来ていなかった。

　今日は少し早く来すぎてしまったから、小説でも読んで待っていよう。

　そう思った時、私はあることを思い出した。

　そういえば、仮装衣装を考えてなかったけど……無難におばけでいいかな？

　白い布をかぶるだけだけど……ハロウィンと言えば定番だよね？

　それか、かぼちゃでもかぶろうかな……。

　うーん、どんな衣装がいいんだろう……？

「サ……じゃなくて、由姫さん……！」

「おはようございます……！」

　悩んでいると、同じクラスの女の子ふたりに声をかけられた。

「あ、おはようっ……！」

　私も、笑顔で挨拶を返す。

　実は、嫌われていた女の子たちと、最近仲良くなることができた。

　素顔のまま登校するようになった数日後、海くん伝いに女の子たちに呼び出され、謝罪されたんだ。

　謝ってもらいたいなんて思っていなかったからびっくり

したけれど、深く反省した彼女たちの姿にわだかまりが解けてよかったと安心した。

　それに、念願の女の子の友達ができたことが、すごくすごく嬉しかった。

　ただ……。

「何か悩み事ですか？」

「サラさんに悩み事……!?」

　心配そうに私を見つめる彼女たちに、苦笑いを返す。

　実は、ふたりはサラのファンだったらしい。

　そのせいか、いつも私に敬語を使っている。

　私としては普通に仲良くしたいから、敬語だと少し寂しい気持ちもあるけどっ……。

　何度言っても「タメ口なんて使えません……！」と言われるものだから、今はもう諦めている。

　それに、最初の頃は「サラ様」呼びだったから、まだ慣れてくれたほうだ。

「えっと、悩み事ってほどではないんだけど……」

「あたしたちで力になれるなら、なんでも話してくださいよ……!!」

「由姫さんのためならどんなことでも協力します……！」

　目を輝かせてそう言ってくれるふたりに、また苦笑いがこぼれた。

　そ、そんな大げさなっ……。でも、気持ちは嬉しいし、女の子の友達ができたことも純粋に喜んでいた。

　せっかくだから相談してみようと、ふたりの意見を聞く

ことに。

「今度、ハロウィンパーティーをすることになって、各々
仮装をするんだけど、どんな衣装がいいかなぁって……私、
そういうのしたことがなくって」

　そう言うと、ふたりは目を見開いた後、顔を見合わせた。

「それなら、あたしたちに任せてください……!!」

「え？」

「あたしたちが由姫さんに合う衣装、見繕います……!!」

　熱意のあるまっすぐな瞳に見つめられ、一瞬身を引いて
しまう。

「い、いいの……？」

「「はい!!　任せてください……!!」」

　い、勢いがすごいっ……。けど、とっても頼もしい。

　悩みが解決して、私はほっと息を吐いた。

　この時は、自分がどんな衣装を着るのか、知る由もなかっ
た──。


　翌日。

　蓮さんの友達に仮装を手伝ってもらうことを伝えると、
危ないから生徒会室の隣の教室を使えと言ってくれた。

　蓮さんは私に女の子の友達ができたことは喜んでくれた
けど、クラスの女の子たちとは一悶着があったから、警戒
しているみたい。

　体育の授業で、足をかけられたこと……蓮さんには言っ
ていないのに、なぜか知っていたから。

　多分、海くんが言ったんだと思うっ……。

　心配してくれるのは嬉しいけれど、みんないい子達だから大丈夫。

　蓮さんたちには生徒会室で待っていてもらって、私は隣の教室で友達と待ち合わせた。

「それじゃあ、お願いします……！」

　椅子（いす）に座って、改まってぺこりと頭を下げる。

「どうして由姫さんが敬語なんですか……!?」

「やめてください恐れ多い……！」

　ふたりが顔を真っ青にしていて、私は苦笑いがこぼれた。

「わ、私は普通の女子だよ……！」

　恐れ多いってっ……。

「普通じゃないです……！　サラ様……由姫さんは全女子の憧れなんですから……!!」

　拳を握りながら、力説するように語られた。

「そんな由姫さんをメイクアップできるなんて、光栄の至りです……！」

　ふ、ふたりとも、大げさだ……。

「あはは……あ、ありがとうっ」

　恐縮（きょうしゅく）だけど、幻滅（げんめつ）されてないだけ良いと思おう。

　サラだとバレてからも、まだ詐欺罪で訴えられたことはないし……この学園の人はみんな、懐（ふところ）が広いなぁ……。

「それじゃあ早速、これに着替えてください……!!」

　その言葉に、視線を移した。

　仮装の衣装を見て、私はぽかんと、開いた口が塞がらな

くなった。

　これ、は……え？

「あ、あの、これ……？」

　予想外の衣装に驚きを隠せない私を見て、ふたりが得意げに微笑む。

「フフフ……」

「今日のテーマは、『誘惑！　小悪魔コスプレ！』です‼」

　ゆ、誘惑？　こ、小悪魔っ……？

　普通に面白い仮装や、ベタなおばけを想像していたから、驚きを隠せない。

　だって、こ、これ、ちょっと大人っぽいというか、セクシーというかっ……。

　スカートの丈も短いし、網タイツ……？　のようなものもセットになっている。

　ど、どうしよう、ふたりには申し訳ないけど、帰りたくなってきたっ……。

　不安になり始めた私を見て、ふたりは得意満面な顔。

「大丈夫！　任せてください‼」

「あたしたちがいつもとは違う由姫さんの魅力を引き出してみせます……‼」

　え、ええっと……。

「お、お手柔らかにお願いしますっ……」

　流石に断れなかった私は、されるがままになった。

## 本日の主役

【side滝】

　生徒会室内に、物々しい空気が流れていた。

　それもそのはずだ。

　こんな狭い空間に、nobleとfatalの幹部が集結しているんだから。……それと、２年のトップの氷高も。

　しかも、緩和役の由姫が不在とあれば、お互い敵意を隠す努力もしない。

　なぜ由姫が不在かというと、今日はここでハロウィンパーティーとやらをする予定で、今は隣の教室で仮装の準備をしているらしい。

　俺たちは持ち寄ったスイーツ……もとい由姫への貢物を机に並べ、すでに準備は万端だった。

　……ゆえにすることがなく、どこの山奥だと思うほどの静寂が流れている。

「由姫、まだかなぁ〜。野郎だらけで息苦しいな〜むさ苦しいな〜」

　無音を破るようにつまらなさそうに呟いた南に、夏目が苛立った様子で反応した。

「ちっ……つーかもともと俺らが誘ったっつーのに、なんで生徒会ですることになってんだよ……しかもnobleも参加とか……」

　まあ、fatalにとっては面白くないだろうな。

　わざわざ俺たちの目が届かない隙を見計らって由姫に話を持ちかけたようだし……。

　不満が出るのも仕方ないと思ったが、舞はそうはいかなかったらしい。

「許可を与えてもらえただけ感謝しろ。決定権は全てこちらにあるということを忘れるなよ」

　珍しく不機嫌を隠すこともなく、そう言い捨てた舞。

　舞は特にfatalが嫌いだし、由姫と関わらせることを避けたいんだろう。

　天王寺が遊んでいることを知ってから、fatalを毛嫌いしていたし……思うところがあるんだろう。

「あ？　まるで由姫を監視下においてるみたいな言い方だな。由姫はものじゃねーぞ？」

　夏目も負けじと言い返し、舞を睨みつけている。

「そんな言い方はしていない。由姫に"関する"決定権はと話しているだけだ。バカは身勝手な要約が得意なようだな」

　舞がここまであからさまに煽るのも珍しいな……。由姫のこととなると、感情も抑えられないのか。

　……舞はサラを、想い人としても、"恩人"としても大切に思っているから。

　いまだに、由姫を傷つけたfatalが許せないんだろう。

　……俺も、気持ちは同じだがな。

「てめぇ……」

　まんまと釣られた夏目が、鋭い眼光を向けている。

　放っておいたら殴り合いに発展しそうな勢いだ。でも、俺は止めはしない。

　俺だって、別に平和主義ではないから。こいつらが少しでも由姫を傷つけることがあれば……。

　——金輪際由姫の前に出られないくらい、叩きのめしてやるつもりだ。

「ストップ。落ち着いてください。由姫が見たら悲しみますよ」

　noble唯一の平和主義の海が、すかさず止めに入った。

　由姫の名前を出されると、さすがの夏目も何も言い返せなくなったのか、顔をしかめながらも口を閉ざした。

　由姫はきっと、俺たちには仲良くしてほしいと思っているだろう……。

　由姫が望むなら努力はするが、fatalの出方次第だ。

　こいつらが由姫に対して害を加えないと判断できるまでは、警戒は怠らない。

「そうそう、今日は仲良くしようよ～」

　ヘラヘラ笑っている南に、どの口が言っているのかとため息がこぼれた。

「元はと言えば南の言葉が原因だぞ」

「え？　僕何か言った？」

　はぁ……。

「生徒会は南の躾がなってないんじゃない？」

　千里の言葉に、返事はしなかった。

　躾がなっていないのは認めるが、躾ける必要もない。

　南は、"言っている"だけだからな。

　こいつの行動言動は全て、計算し尽くされたもの。他人からどう見られているのか、その発言をすれば相手はどう受け取って、どんな反応をするか……全部わかっててやっている。

　本当に性格が悪いと思うが、味方だと思えばこれ以上ないほど心強いやつでもある。

　力でnobleを支えているのは蓮。策略を立てるのが南。そして全てをまとめるのは舜の役目。

　俺は……後始末や精神的フォロー、といったところだろうか。

　話は脱線したが、俺たちは絶妙なバランスの上で成り立っている。

「秋人くんこそ、ぜんっぜん副総長の器じゃないから、僕が鍛え直してあげようか?」

　にっこりと、微笑んだ南。

　まんまと挑発され、「あ?」と声を低くした千里。

「はぁ……nobleとfatalが同じ空間に集まれば、喧嘩は避けられないのかな……」

　唯一常識人の鳳が、深くため息を吐いた。

　また、室内が静寂に包まれる。

　それにしても……"いろんな意味で"異様な空間だ。

　……これは、聞いてもいいんだろうか。

　俺は、ずっと気になっていたことを口にした。

「お前たち……どうしてそんな、"おかしな格好"をしてい

るんだ？」

　fatalのやつらは全員、変な衣装を身にまとっていた。

　いや、仮装をしていることはわかるが……こいつらは、そういうことをする人間ではないと思っていたから。

　天王寺まで、よくわからないかぼちゃの被り物を持っている。一番そういうノリを嫌いそうなやつなのに……。

「えっと、ハロウィンパーティーといえば仮装だって話になって……仮装をするって由姫にも伝えてあったから」

　あははと、苦笑いを浮かべながら鳳が答えた。

　後ろで、夏目が「ちっ」と舌打ちをした。

「つーか、nobleの奴らはなんでしてねーんだよ」

　なんでと言われても……。

　由姫の仮装は見たいが、自分たちがするのは正直御免だ。

「そんな恥ずかしい真似をするくらいなら死んだ方がマシだからだ」

　はっきりと答えた舜に、同意するよう頷く。

「俺もです」

「よくできたよね〜！　感心する〜！」

　海と南も、笑顔で答えた。

「てめぇら……」

　天王寺を筆頭に、鳳以外のfatalの奴らから殺気が発せられている。

　一方、一番食ってかかってきそうな夏目はなぜか得意満面な表情をしていた。

「ふっ、俺のかわいさに由姫もびっくりするだろうな」

……。

そう、だろうか……。

ドヤ顔で言っているが、今の夏目の格好も異様だ。

いわゆる、猫のコスプレだろう。

猫耳をつけて、手にも猫の手のような大きな手袋をつけている。

一言で言うならば……あざとい。

「夏目くん、痛いよ」

そう言って目を細め、ドン引きしている南。

「ああ゛? どう見てもキャラに合ってんだろ！」

「ていうか、かわいい担当は僕だから。キャラ被りは遠慮したいな〜」

「てめぇは腹黒要員でしかねーよ!!」

「ふふっ、僕は真っ白天使さんだよ〜」

「きも……」

どっちもどっちな会話に、またため息がこぼれた。

疲れる空間だ……由姫がいなければこんな会には参加しなかっただろう。

「つーか、春季それ何？ かぼちゃ？」

「夏目がかぶってりゃいいっつったろ。ネットで買った」

かぼちゃだけかぶって仮装と呼ぶつもりだったのか、安易な仮装だ……と呆れた。何も用意していない俺たちが言えたことでもないが……。

ちなみに、鳳もよくわからないマントを羽織っていて、気持ち程度の仮装だ。千里は……吸血鬼だろうか。こいつ

はこういうノリが嫌いではないから、楽しんでいるように
見える。

　そういえば文化祭の時も、千里はfatalで唯一率先して
やっていたな。

「由姫は何の仮装でくっかな〜？」

　浮き足立っている夏目の言葉に、nobleの人間全員が反
応した。

「……やっぱりそれが目当てだったのか？」

　舜が、鋭い目で睨みつけている。

　ずっと興味がなさそうに黙っていた蓮も……殺気のこ
もった視線を向けていた。

「ち、ちげーよ……！　単純に、イベントごとを由姫と楽
しみたいと思ってだよ……！」

　慌てて言い訳をしているが、もう遅い。

「fatalは猿ばかりだな……下心の塊だ」

「あ゛？」

「俺を夏目たちと一緒にしないでくれる？」

　呆れた様子で頭を掻いた舜に、天王寺と千里が反応した。

「まあまあ、穏便に穏便に……」

　すかさずふたりをなだめる鳳の姿に、同情する。こいつ
は本当に苦労している……。

「そろそろ来るかな……」

　南が呟いた時、ちょうど生徒会室の扉が開いた。

　ガチャッという音に、全員が反応する。

　俺も反射的に視線を扉のほうへと向けた。

「ほら、由姫さん、早く入って……！」

「あたしたちはもう行きますから……！」

「で、でも、やっぱりこれは恥ずかしいっ……」

　　……ん？

　知らない女子生徒の声と一緒に、由姫の声が聞こえた。

　入るのをためらっているのか、知らない女子生徒が由姫の後押しをしているような会話が続いている。

「最高なので自信を持ってください……!!」

「そうですよ、ほら……!!」

　開いた扉から、どんっと押されるようにして現れた由姫。

「あっ……」

　俺たちのほうを見て顔を真っ赤にした由姫の姿に、俺は目を疑った。

「……っ」

　なんだ、その衣装はっ……。

「それでは、あたしたちはこれで……！」

「楽しんでくださいね……!!」

　バタンッと、扉が閉まる音が良く響くほど生徒会室内は静寂に包まれていた。

　その場にいた全員がきっと息を呑み、由姫の姿に魅入っている。

　俺も、ごくりと喉を鳴らしてしまった。

　これ、は……。

　想定外の、仮装だ。

　正直、俺も下心はゼロとは言い切れなかったから、普段

は見れないようなかわいらしい仮装が見れればと思っては
いたが……。

　小悪魔、というやつか……？

　しかも、スカート丈が短く、網タイツのようなものも履
いている。

　なんというか……目のやり場に困る。

　ただ、この上なくかわいかった。

　由姫はどちらかと言えば天使だと思うが……何を着ても
似合ってしまうらしい。

「あの、友達がしてくれて……」

　見られるのが恥ずかしいのか、顔を赤らめながら身をよ
じっている由姫。

　その仕草もたまらなくかわいくて、心臓に衝撃が走った。

　直視できないな……。

　さっきfatalの奴らのことを散々言ってしまったが、俺
も所詮は男ということか。

　誰ひとりとして、由姫に見とれて第一声を発せずにいた。

　すると、由姫が俺たちのほうを見ながら首を傾げた。

「あ、あれ？　どうして生徒会のみんなは何もしてないん
ですか？　コスプレは強制じゃ……」

　……強制だと言われていたのか？　聞いてないぞ……。

　fatalのやつら……と思いながらも、少しは感謝しなく
てはいけない。

　こんな由姫の姿、めったに見られないだろうから……。

「……由姫、ちょっと来い」

　まず口を開いたのは、やはりというべきか蓮だった。

　勢いよく立ち上がり、由姫の元へ寄った蓮。そのまま由姫の手を掴み、連れ出そうとしているのかドアに向かって歩き出した。

「えっ……れ、蓮さん？」

「ちょっとちょっと!!　抜け駆け禁止だけど!!」

　すぐに南が蓮を止め、ぼーっと見ほれていた夏目もハッと我に返った。

「そうだぞ!!　何ふたりきりになろうとしてんだよ……!!」

　俺も、止めるべきか……。

「独り占めは感心しないな」

　いくら恋人という立場とは言え、由姫を連れてどこへ行くつもりだ。

　俺たちにこの姿の由姫を見られたくないのはわかるが、易々と見逃せない。

　俺たちだって、由姫といたい気持ちは一緒だ。……いや、蓮にだって負けるつもりはない。

「……うるせぇぞ」

　生徒会室に、蓮の低い声が響いた。

　その声ひとつで、場が凍りつく。……本気で不機嫌だと、察するには十分だった。

「由姫」

　俺たちに向けられた声とは違い、甘さを含んだ声でその名前を呼び、そのまま由姫を連れ去ってしまった。

「はぁ……」

　いろんな感情のこもったため息が、口から溢れる。

　蓮のやつ……狡すぎるぞ。

　あんなにかわいい由姫を独り占めするなんて、羨ましすぎて舌打ちしてしまいそうだ。

「ちっ……」

　実際に、天王寺は舌打ちが止まらなくなっているようだ。

　他の奴らも、不満しかなさそうな表情を浮かべている。

「……あれ、クラスの女子にやってもらったのかな？」

「そうでしょ。あいつら、余計なことしやがって……」

「……いや、でもまあセンスは最高だっただろ。ただ……俺だけが見たかったなぁ……」

「殺すぞ。お前は見なくていいんだよ」

　双子と海と氷高。２年のやつらが話している。

「目に毒すぎたね……あんなかわいい悪魔、いちゃダメでしょ……」

　鳳が、珍しく取り乱している。赤くなった顔を隠すように、手で口元を覆っていた。

「悪魔……いや、小悪魔……？」

「どちらにせよ、あの格好はやばいっ……」

　千里も夏目も動揺していて、nobleのやつらも似たような状態だ。

　全員、さっきの由姫の姿を思い出すように、ぼうっとしていた。

「まさかの選択だったな……」

　俺の言葉に、舜が同意するように頷く。

「ああ……」

「あ〜、写真撮りたかった……！　蓮くん絶対着替えさせ
て帰ってくるじゃん……！」

　だろうな……。くそ、蓮が羨ましくてどうにかなりそう
だ……。

「西園寺、コロス……」

　天王寺が、殺気のこもった声で呟いている。

「まあまあ……一目でも見られて幸せものだよ俺たち」

　鳳の言葉は否定できないが……それでも、羨ましいもの
は羨ましい。

「はぁ……西園寺になりてぇ……」

　盛大なため息を吐きながら、夏目が俺たち全員が思って
いることを代弁した。

# 最高のハロウィンデー

【side蓮】

「れ、蓮さんっ……！」

　由姫の腕を引いて、隣の教室へ連れ込んだ。

　内から鍵を閉めて、他の奴らが入ってこないようにする。

　由姫は戸惑いながら、俺を見つめていた。

「……由姫、これ着ろ」

　俺は自分のジャケットを脱いで、由姫に着せた。

「え……？」

　由姫はきょとんとしているが、こんな露出度の高い服、あいつらの前で着させられるか……。

　今の由姫の姿は、悪魔みたいな小さな耳をつけ、服装もいつもは着ないような格好をしている。

　正直似合っているし、ふたりの時にしてくれれば……と、一瞬思ってしまった。

　こんな姿の由姫を他の男に晒すなんて、正気の沙汰じゃねー……。

　できるならズボンも履いて欲しいが、さすがに持ち合わせていない。

　一回寮に取りに戻るか……と思った時、由姫が不安げに見つめてきた。

「あ、あの、あんまり似合ってませんでしたか……？」

　……は？

　潤んだ瞳で、上目遣いで不安そうに見つめてくる姿は、目の毒すぎる。

「んなわけないだろ……」

　どうしてこう……自分のことに無頓着というか、無自覚なんだ……。

　こんなにかわいいくせに自覚がないとか、本当におかしいんじゃないかと思う。

　誰でもいいから、もっと危機感を持たせる方法を教えてくれ……。

「似合いすぎて、無理……」

　勘違いしている由姫を安心させてやりたくて、細い腕を掴んで引き寄せた。

　少し力を込めて、抱きしめる。

「俺の前以外で、そんな格好しないでくれ……」

　耳元でそう囁けば、由姫もわかってくれたのか顔を赤く染めた。

「え、えっと、ごめんなさいっ……」

　謝ってほしいわけではなかったけど、由姫が理解してくれたならいい。

　これからはもうこんなことがないように、言いつけておこう……心臓が止まるかと思った……。

　あいつら、揃いも揃って由姫に見とれてたからな……後で記憶飛ばしておくか。物理的に。

「でも、あの……」

ん……?

恥ずかしそうに身をよじりながら、何か言いたそうにしている由姫。

俺はじっと、由姫の言葉を待った。

「蓮さんにかわいいって、思ってもらえたらいいなって……」

ドクン……と、心臓が波打つ。

「……なんだそれ」

由姫は……どれだけ俺を煽れば、気がすむんだ。

「……四六時中、思ってるに決まってるだろ」

何回も言ってるだろ、かわいいって。

かわいくて……もうどうしようもねぇんだぞ……。

「逆に、由姫をかわいいと思わない時なんかない」

「……っ」

俺の言葉に、由姫はぽっと顔を赤く染めた。その表情も愛おしくてたまらなくて、俺は少し強引なキスをした。

このくらい許してくれ……。

あー……くそ、このまま生徒会室に戻りたくねぇ……。

由姫を抱きしめながら、心底そう思った。

……いや、由姫が楽しみにしていたのはわかってるから、帰らせるなんて慈悲のないことはしない。

それでも、このまま由姫を独り占めしたいと思う気持ちはどうにもできない。

「えへへ……」

嬉しそうに笑う由姫に、心臓はバカみたいに騒いでいる。

「もっと思ってもらえるように、頑張ります……」

　バカ言うな……。

「これ以上かわいくなってどうするんだ……？　心配になるからやめてくれ」

　もう、とっくに上限を超えてる。

「むしろ抑えてほしいくらいだ。もう少しかわいくなくなってくれ……」

「ふふっ、どういうことですか」

　由姫が、おかしそうに笑った。

　悪魔の衣装を着ているくせに、その笑顔は天使以外の何者でもない。

「でも……」

　……ん？

　由姫が何か言いかけて、ぎゅっと俺に抱きついてくる。

「私だって蓮さんのこと、四六時中かっこいいなって思ってます……」

　……その言葉と笑顔は、俺の理性を飛ばすには十分だった。

　プツンと、何かが切れた音が響いた。

「……ハロウィンパーティーは中止だ」

「えっ……？」

「やっぱり無理だ。スイーツなら今度山ほど食わしてやるから、今日は諦めろ」

「え、あ、あのっ……！」

「煽った責任はとってもらうからな」

　戸惑っている由姫を抱え、教室を出る。生徒会室とは反

対側へ、俺は早足で進んだ。

「れ、蓮さんっ……！」

　由姫の止める声も無視し、一直線に寮へと帰った。


　由姫と甘い時間を過ごし、最高のハロウィンデーになったが、生徒会室に集まった男全員から逆恨みされたのは言うまでもない。……全員返り討ちにしてやったけどな。

# 由姫争奪戦は止まらない！

～noble&fatalメンバーとのラブエピソード～

## 緊急デート？

　土曜日の夜9時。

「ううう……」

　寝る支度をしてベッドに横になった私は、スマホの画面とにらめっこしていた。

　画面に映っているのは……美味しそうな、スイーツの山。

「美味しそう……食べたいなぁ……」

　見ているだけでうっとりしてしまうような写真に、ため息が溢れる。

　この学園からバスを使って、30分ほどで行ける場所にあるカフェの宣伝。

　数週間前にこの「期間限定スペシャルスイーツセット」の存在を知って、ずっと行きたいなと思っていた。

　本当は、蓮さんを誘ってみたかったけど……。蓮さんは、甘いものが苦手だ。

　コーヒーはブラックだし、ケーキやお菓子も全くと言っていいほど食べない。

　でも、優しいから誘えばきっとついてきてくれる蓮さん。気を使わせるのは嫌だったから、結局誘えなかった。

　ひとりで行こうかなと思ったけど、休日は基本的に蓮さんと過ごしているから、どこに行くのか聞かれるだろうし、答えたら連れて行ってくれるのはわかっているんだけど……。

　苦手なものに、無理に付き合わせたくない……。

　甘いものが好きな滝先輩や南くんを誘おうと思ったけど、ふたりと私が遊ぶのは蓮さん的には嫌みたいで……。

　それに、今日こんなに悩んでいるのにはもうひとつわけがある。

　それは……この期間限定スイーツが、明日までだということ。

　このケーキスタンドに飾られた色とりどりのケーキやマカロン。美味しそうな紅茶……行かないときっと後悔するっ……。

　やっぱり直に蓮さんにお願いしたほうがいいのかな……？でも、ここはドリンク別のワンオーダー制だから、蓮さんにもケーキを頼ませることになっちゃうし……それは申し訳なくって……。

　どうしようかな……と思っていると、スマホの上に、新着メッセージの通知が表示された。

　開くと、蓮さんからだった。

《由姫、明日は親父から呼び出されてるから部屋にいねーと思う。なんかあったら電話して》

　えっ……てことは、明日は蓮さん部屋にいないの……？

　私はスマホの画面を閉じて、手をぎゅっと握った。

　……もうこれは、神様が私に行けって言ってる……！

　決めた、明日ひとりで食べに行こう……!!

　本当はひとりは寂しいけど、美味しいものを食べられるならへっちゃらっ……！

そうと決まれば、早く起きて朝から出かけなきゃっ。

せっかくだから、買い物もしたい。

私はずっと食べたかったスイーツを食べられるという幸せを噛み締めながら、眠りについた。


朝。支度を済ませ、鏡の前でくるりと回る。

うん、このコーデでいいかなっ……。

せっかく外出するんだからと、久しぶりにおしゃれをしてみた。

お気に入りのアウターに、ひらひらのスカート。少し肌寒いかもしれないからコートも羽織って、外へ出る。

休日の午前中の寮は誰もいなくて、誰にも会わずに外へ出た。

バスに乗って、街へ。

ふふっ、久しぶりだからか、お出かけ楽しみだなぁ。

蓮さんとも……こうやって、デートに行ったりしてみたいな……。

いつも休日は、私の希望を聞いてくれるけど……蓮さんはあまり外が好きじゃないみたいだから、誘えずにいた。

もちろん、どこかへ連れて行ってもらったことは何度かあるし、私を楽しませようとしてくれている蓮さんに不満は少しもない。

蓮さんは……私にはもったいないくらい素敵な恋人だ。

そんなことを考えている間に、バスが目的の停留所に着いた。

　降車して、お目当のカフェを目指す。

　えーっと……あっ、ここかな……？

　かわいらしい外装のカフェを見つけ、たどり着けたことにほっとした。

　よかった……。お店もそんなに混んでいないみたいだし、早速入ろうっ……！

　そう思い、一歩踏み出した時。

「……あれ、由姫？」

　背後から声が聞こえ、振り返る。

　そこにいたのは……。

「ふゆくん……！」

　私服を着ている、ふゆくんの姿。

　わっ、ふゆくんの私服姿、久しぶりに見た……！

　fatalにいた時から思っていたけど、ふゆくんはセンスが良い。今日もシンプルな白シャツ姿だ。

　ラフなのに綺麗に着こなして、時計や靴など、いつも趣味のいいものを身につけていた。

　……って、今はそんなことどうでもよくって……！

「こんなところで何してるの……！」

　そう聞きながら、ふゆくんに駆け寄る。

「ちょっと、外のメンバーたちと会ってたんだ」

　外のメンバー……そっか。

　fatalは、もちろん西園寺学園の生徒のみで形成されているわけではない。ほとんどは西園寺学園みたいだけど。

「由姫こそ、どうしたの？」

　質問が返ってきて、笑顔で答えた。

「期間限定スイーツがあって、今日までだから食べに来たの……！」

　ふふっ、楽しみだなぁ。

　きっとわくわくしているのが隠しきれていない私を見ながら、ふゆくんが笑った。

「そっか。由姫は甘いもの好きだもんね」

「うん！」

「……あのさ」

　ん……？　どうしたんだろう？

　何か言いたげな顔をしているふゆくんを見ながら、首を傾げる。

「由姫、それ、俺も一緒に行ってもいい？」

「え？」

　一緒に……？

　願ってもいなかった提案だったから、嬉しいけど……。

「もちろん……！　でも、ふゆくん甘いものそんなに好きじゃなかったよね？」

　何か食べたいものでもあるのかな……？

「そうなんだけど……たまに食べたくなるんだ。ひとりじゃ入り辛いから、同行させてもらえたら嬉しい」

　恥ずかしそうにそう言ったふゆくんに、断る理由は見当たらなかった。

　ふゆくんなら、きっと蓮さんも嫌じゃないよね……！

「私もひとりはちょっと寂しかったから、嬉しいっ」

　そう返事をすれば、ふゆくんも嬉しそうに笑い返してくれる。

「それじゃあ、行こっか？」

「うんっ！」

　笑顔で頷いて、ふたりでカフェに入った。


　私はスイーツセットを頼み、ふゆくんはスコーンのセットを頼んだ。

「お待たせいたしました」

　店員さんがすぐに持ってきてくれて、テーブルに置かれた美味しそうなスイーツたちに口元が緩む。

「うわぁ～！」

　何度も見た画像より美味しそうっ……！

「す、すごいね……こんなに食べれる？」

「うん！　甘いものはいくらでも食べれるの……‼」

「ふふっ、そっか」

　ふゆくんは量に驚いているけれど、私の返事に笑ってくれた。

　早速食べようと、「いただきます」と手を合わせた。

　ぱくりと、まずはフルーツのタルトから頬張る。

　口の中いっぱいに広がる甘さに、頬を押さえた。

「ん～……！」

　美味しいっ……！

「幸せっ……」

　これも……こっちも美味しい……！

　パクパクと食べ進め、私は幸せでいっぱいになった。来てよかった……と、心の底から思う。

　いくらでも食べられちゃいそうっ……！
「由姫って、本当に美味しそうに食べるよね」

　甘いスイーツを味わっていると、ふゆくんが私を見ながらふふっと笑った。

　そうかな……？　自分の食べてる姿なんてわからなかったけど、きっとだらしない顔をしているのはわかる。

　恥ずかしくて、食べていたものをごくりと飲み込んだ。
「えへへ……甘いものは食べるだけで幸せにしてくれるからっ」

　食い意地はってるみたいに見られたかなっ……恥ずかしいっ……。

　でも、ふゆくんは前から私が甘味に目がないことは知っているし、昔アジトにいるときもずっと食べていたから、今更恥ずかしがるようなことでもないかっ。

　私にとっては、お兄ちゃんみたいな存在だし。
「俺のも食べる？」

　ふゆくんが、スコーンを切り分けながらそう言った。
「えっ、いいの……！」
「うん、はい」

　スコーンの乗ったフォークを、私に差し出してくれたふゆくん。

　ぱくりとくらいつこうとした時、ハッとした。
「あっ、"あーん"はダメなんだったっ……！」

「え？」

　忘れてたっ……またうっかりするところだった……。

　私は体を引っ込め、首を横に振った。

「ごめんね……蓮さんがね、悲しむと思って……」

　ふゆくんやfatalのみんなは、私にとっては同性の友達と一緒だ。

　でも……。

「私、みんなのことはすごく大切な友達だと思ってるし、拓ちゃんに関してはもう兄弟も同然だって思ってるんだけど……もし私が逆の立場だとして、蓮さんが他の女の子に同じことしてたら、ヤキモチ妬いちゃうなって思ったの。たとえ相手が恋愛感情のない女の子だとしても、不安になっちゃうと思う」

　もし私が蓮さんの立場なら……。

　ただの友達でも、他の女の子とそんなことをしているところを見たら、ショックを受ける。

「だから、同じことはしたくないし、蓮さんを不安に思わせちゃうような行動はしたくないの」

　私は、蓮さんの彼女だから。

　蓮さんが私のことを大事にしてくれるように、私も蓮さんのこと、誰よりも大事にしたい。

　私の話を聞いたふゆくんは、微笑ましいものを見るように笑顔を浮かべていた。

「……大切なんだね、西園寺のこと」

　ふふっ、もちろん……！

「うん！　とっても……！」

「そんなに、好き？」

「大好き」

　即答すると、一瞬ふゆくんが顔をしかめたような気がした。

「そ、っか……」

　……ふゆくん？

「俺は……」

　どうしたんだろう……？

　心配になったけど、すぐにいつものふゆくんに戻り、笑顔を向けてくれた。

「由姫が大切だから、由姫が幸せなら嬉しい」

　ふゆくん……。

　ふゆくんの言葉が、胸にじーんと響いた。

　本当に、ふゆくんは、優しさに溢れてるなぁ……。

　昔から、いつも私の心配をしてくれて、落ち込んでいたら誰よりも早く気づいてくれた。

　いつも周りの人を気遣って、誰にでも優しくできるふゆくんが、私は大好きで尊敬していたんだ。

　ふゆくんみたいな友達がいてくれて、私は幸せものだなぁ……。

「私も、ふゆくんのことすごく大切に思ってるよ……！」

　私の言葉に、ふゆくんはいつも通りの優しい笑みを浮かべていた。

「ありがとう」

「ずっと友達でいようね……！」

「うん」

　私たちは美味しいスイーツを食べながら、たわいもない会話をした。


「ふゆくん、そろそろ帰ろっか？」

「うん、そうだね」

　スイーツを食べ終わって、少しゆっくりしてから席を立った。

「お会計は別々ですか？」

「いえ、一緒で」

　えっ……？

　レジで、店員さんに伝票を出し、さらっとそう言ったふゆくん。

「待って、私自分の分出すよ……！」

　財布を開こうとすると、ふゆくんに止められた。

「このくらい奢らせてよ」

　ええっ……で、でも……私結構食べちゃったし……。

「俺のほうがお兄さんだし、ね？」

　そう言われると、これ以上断るのが申し訳ない気がして、私は財布をしまった。


「ありがとうっ……また今度お礼させてね……！」

　お店を出て、ふゆくんにお礼をいう。

　おごってもらってしまった……。

「これは今日、俺と一緒にいてくれたお礼みたいなものだから」

「……え？」

　お礼……？　一緒にいてくれた？

　本来ひとりで来ようとしていたから、お礼を言うのは私のほうなのにっ……。

「……って、あれ？」

　……ん？

　ふゆくんが、私の後ろを見ながら目を見開いた。

　不思議に思いながら、私も振り返る。

　そこには、ここにいるはずのない人物がいて……思わず声をあげた。

「れ、蓮さん……!?　どうしてここに……！」

　今日はお父さんのお手伝いがあるって言ってたはずなのにっ……。

　制服ではなく、私服を身にまとっている蓮さん。こんな時なのに、少しドキッとした。

　いつも部屋にいる時の、ラフな私服は何度も見たことがあるけど……本格的な私服を見るのは久しぶりだった。

「nobleのやつが、由姫とこいつが一緒にいるって連絡してきた」

　そう話す蓮さんは、少しだけ不機嫌に見えた。……というより、ふゆくんに対して睨み目を向けている。

「由姫、帰るぞ」

　え……？

「……ほんと、心配性だね。でも、由姫が彼女なら当たり前か」

　ふゆくんが、なぜか蓮さんを見ながら同情するようにふっと笑う。

　本当はこの後、買い物も行きたかったけど……わがまま言わないほうがいいよね……。

「ふ、ふゆくんも一緒に帰ろう……？」

　目的地は一緒なんだし……と思いそう聞くと、ふゆくんは首を横に振った。

「俺は寄りたい店があるから遠慮しとくよ。また学校でね」

　そっか……。

「ふゆくん、今日はありがとう……！」

「俺のほうこそ、ありがとう」

　ふゆくんに手を振り、バイバイする。

　ふゆくんのおかげで、今日は楽しかったっ……。

「行くぞ」

　蓮さんが、私の手を引いた。

　引かれるがまま、蓮さんについていく。

「……蓮さん、怒ってますか？」

　スタスタと無言で歩く蓮さんの背中に、そう投げかけた。

　黙って街に来て、怒らせちゃったかな……？

「いや、怒ってない。つーか……」

　ぴたりと、人通りが少ない場所で蓮さんが立ち止まる。

「俺のほうが悪かった。こんなところまで押しかけて、完全に束縛男だな……」

え……？

はぁ……と、ため息をついている蓮さんに戸惑う。

私に対してのため息ではなく、自分に対してのため息みたいに聞こえたから。

蓮さんがそんなふうに思う必要、ないのにっ……。

束縛なんて、された覚えはない。

蓮さんはいつだって私の意見を尊重してくれるし、お願いしたら受け入れてくれる。

優しい蓮さんに、そんなことを思わせてしまって、私のほうが申し訳なくなった。

「迎えに来てくれて嬉しいです」

ぎゅっと、広い背中に抱きつく。

すると、蓮さんの体が驚いたようにびくっと震えた。

「あの、ごめんなさい、出かけること伝えてなくて……どうしても食べたい期間限定のスイーツがあって、ひとりで来たら偶然ふゆくんと会ったんです。それで、一緒に食べようってことになって……」

「ひとりで来ようとしてたのか？」

蓮さんが、少し安心したように声色が変わった。

「心配だから、俺を誘え」

「でも、蓮さん甘いもの苦手だから、無理に付き合わせるのもと思って……」

「そんな気使わなくていい。それより、由姫がひとりでこんな人混みの中出歩いてるほうが心配だ。変なやつに声かけられなかったか？」

　蓮さんってば……私に声をかけるようなもの好きな人は
いないっていつも言ってるのに。ふふっ。
「大丈夫です！」
　笑顔で答えると、「そうか……」と蓮さんが安心したよ
うにほっと息を吐いた。
「これからは、行きたいところがあるなら遠慮なく言えば
いい。由姫が行きたい場所ならどこにでも連れて行ってや
るから」
　こうやって、また蓮さんは私を甘やかす。蓮さんに甘や
かされるのは心地よくて、どんどんわがままになってしま
いそうだ。
「あの、それじゃあちょっとだけ、買い物して帰ってもい
いですか？」
　調子に乗って、少しわがままを言ってみた。蓮さんは、
嬉しそうに笑った。
「ああ。どこに行きたいんだ？」
　優しく頭を撫でてくれる蓮さんに、大好きだなぁ……と
改めて思った。
　やっぱり、私の恋人は誰よりも素敵だと再確認した日の
お話。

## キミのための嘘。

【side冬夜】

　日曜日。

　月に2回くらい、他の高校に通っているfatalのメンバーとアジトで集会をしている。

　ほとんどの人間が西学の生徒だが、fatal全体の2割は他校の生徒だ。

　総長でも副総長でもないが、これはずっと俺の役目になっている。

　本当は今日は3年の幹部全員で行く予定だったけど、当日になって適当な都合をつけ断られた。

　めんどくさかったんだろうけど……久しぶりに幹部たちに会えるって、みんな楽しみにしてたのに。

　肩を落としたメンバーたちの姿に、申し訳なくなった。次こそは連れてくるからと約束したから、再来週は引きずってでも連れてこよう。

　でも……今日も、メンバーたちが元気そうで安心した。

　俺は連絡網でもあるから、頻繁に連絡をとってはいるけど、やっぱり直接会うのは大事だなと思う。

　そんなことを考えながら、帰っている途中だった。

「なあ、あの子すっげーかわいくない……？」

「女優とか……？　撮影でもしてんの？」

「あんなかわいい子見たことねーよ……！」

　やけに騒がしいな……。

　道歩いている人間が、みんな一点に視線を集めている。

　特に男が騒いでいる辺り、容姿の整った異性でもいるんだろう。

　でも、俺には関係ないというか、気にならなかった。

　由姫以外に、女の子をかわいいって思えない……。

　と言うか、正直興味自体がなかった。

　俺の心を揺さぶるのは、いつだって由姫だけだ。

「……なんか、サラに似てるかも……？」

　そんな言葉が聞こえ、ぴたりと足を止めた。

「サラ？って、２年前に消えたっつーあの？」

「んなわけないだろ〜」

「いや、でも最近西園寺学園に編入してきたとか噂聞いたけど……」

　噂って、校内ならまだしも他校にまで回ってるの……？

　って、今はそんなことどうでもいい。

　俺も、大衆の視線を集めている人間のほうへと視線を向けた。

　……やっぱり。

　そこにいたのは、紛れもなく由姫の姿。

　由姫の……サラのような美貌の持ち主が、ふたりもいるわけないから。

　名前が聞こえた時点で由姫だと確信した。注目を集めているのが由姫だとわかった以上、興味がないなんて言えな

い。

　というか、何してるんだろう……？　ひとり？

　過保護な西園寺が由姫をひとりで出歩かせるとは思えないけど……他のnobleの奴らも、いつも付き添ってるのに。

　すぐに由姫に近づこうとした時、俺は気づいた。

　……囲まれてるな。

　この辺りは芸能スカウトが多い。由姫に声をかけようと、何人かのそれらしき人間が周りを囲んでいた。

　まあ、由姫を見つけたら声をかけずにはいられないだろうけど……俺がスカウトでも、絶対に逃さない。

　fatalにいた時も、こういうことは何度かあった。

　由姫と外を歩けば、嫌でも視線が集まるし、実際スカウトに声をかけられているのも何度も見た。

　でも……本人は全く気づいていなくて、スカウトに名刺を渡されても『悪徳詐欺だよ……！』と泣きそうになっていた。

　無自覚だからこそ、ひとりで街を歩けているんだろうけど……さすがに危ない。

「……あれ、由姫？」

　俺は少し大きな声をあげ、周りに牽制（けんせい）した。

　スカウトたちが、一斉に身を引いたのがわかる。

　由姫は振り返り、俺を見つけて大きな目を見開かせた。

「ふゆくん……！」

　俺の名前を呼び、てくてくと駆け寄ってくる由姫。

　……今更だけど、私服だ……。

　久しぶりに見る私服姿に、正直動揺している自分がいた。

　制服姿だって、由姫はずば抜けて綺麗だ。どんな格好でもかわいい。

　私服姿は新鮮だっていうけど、ここまでだとは……。

　清楚な服装が、由姫に良く似合っている。

　由姫のことはいつも直視できないけど……今日はいつも以上に見れないな。

「こんなところで何してるの……！」

「ちょっと、外のメンバーたちと会ってたんだ。由姫こそ、どうしたの？」

　俺の質問に、由姫は笑顔で答えた。

「期間限定スイーツがあって、今日までだから食べに来たの……！」

　なるほど……。

「そっか。由姫は甘いもの好きだもんね」

「うん！」

　昔から由姫は、甘いものを好んでいた。

　甘いものには目がなく、重度の甘党と言っていいと思う。

　秋人や春季は、いつも甘いもので由姫を釣っていた。

　……って、もしかして、ひとりで入るつもりかな？

　わけがあって、ひとりで来たのかもしれなけど……このまま由姫をひとりにしておくのは、心配すぎる……。

　きっとスカウトたちが放っておかないだろうし、変な男にナンパされるかもしれない。いや、絶対されると言い切れる。

　由姫は強いけど、それとこれとは話が別だ。

「……あのさ」

　話を切り出した俺に、由姫が首を傾げた。

　この仕草に、俺は弱い。……かわいい。やっぱり、こんなにかわいい由姫を放置していたら危険だ。危険すぎる。

「由姫、それ、俺も一緒に行ってもいい？」

「え？」

　断られたらどうしようとも思ったが、杞憂に終わった。

「もちろん……！」

　ほっと、安堵の息を静かに吐く。

　ひとりで来たかったっていうわけではないみたい……。

　でも、だったら尚更どうしてひとりで来たんだろう？ あとで聞こうかな……。

「でも、ふゆくん甘いものそんなに好きじゃなかったよね？」

　心配してくれているのか、不安そうに聞いてくる由姫に愛おしさが募る。

　加えて、俺の情報を少しでも覚えてくれていたことに、嬉しくなった。

「そうなんだけど……たまに食べたくなるんだ」

　本当は、前よりも甘いものが苦手になった。

　でも、これは俺の中でついてもいい嘘。由姫に嘘はつかないと決めているけど、由姫のための嘘なら吐いてもいいというルールがある。

「ひとりじゃ入り辛いから、同行させてもらえたら嬉しい」

　そう言えば、由姫は嬉しそうに頷いた。

「私もひとりはちょっと寂しかったから、嬉しいっ」

　かわいいな……。

「それじゃあ、行こっか？」

「うんっ！」

　笑顔でもう一度頷いた由姫と、ふたりで店内に入った。

　心配だからっていうのはもちろん本心だけど、まさか休日を由姫とふたりで過ごせるなんて。

　役得だな……今日、ひとりでよかったかもしれない。春季たちには、絶対に内緒にしよう。


　席に座って、メニューを見る。

　どれもすごく甘そうだな……見ているだけで胸焼けしそう。

　三半規管が弱まったかなと、お年寄りのようなことを思った。

「ふゆくんは何にする？」

　由姫が、なぜか興味津々に聞いてくる。店内に入ってから、いつも以上にご機嫌だ。……かわいい。

　そんなに食べたかったのかな？と、愛おしくなった。

「俺は……スコーンのセットにしようかな」

　これなら食べられそうだ。

「飲み物は？」

「アッサムティーにするよ」

「ふゆくん、紅茶好きなの？」

　由姫が、キラキラと目を輝かせた。

　あれ……？　これは、慎重（しんちょう）に返事をしたほうが良さそうかな。

「うん。好きだよ」

　考えた末、そう答えた。

　正直、紅茶は好きでも嫌いでもない。スコーンに合うから頼んだだけ。

　でも……この答えが正解な気がする。

　俺の返事に、由姫は一層目を輝かせた。

「私もなの……！　私の周り、みんなコーヒー派だから嬉しい……！」

　……よし。

　嬉しそうな由姫の表情に、テーブルの下で拳を握った。

　由姫の笑顔を、引き出すことができた。

「今日はなんの茶葉にしようかなぁ……」

「普段は何をよく飲むの？」

「アッサムとか、イングリッシュブレックファストティーとかかな」

「なら、ディンブラがおすすめ。ミルクにも合うよ」

「へぇ……！　飲んだことない！　それにしてみる！」

　目尻を下げながら、ふにゃりと笑う由姫に、俺は急いで目をそらした。

　……ダメだ、直視できない。

「それじゃあ、店員さん呼ぶね……」

　誤魔化すようにそう言って、「すみません」と手をあげる。

　すぐに駆け寄ってきてくれた店員さんに、注文をした。

「そう言えば、どうして今日はひとりだったの？」

　ずっと気になっていたことを聞けば、由姫が苦笑いを浮かべた。

「えっと、いろいろ考えてたら、ひとりっていう選択肢になって……」

「いろいろ？」

　いったい何があったんだろう……？

「本当は南くんと滝先輩が甘党だから誘おうと思ったんだけど、蓮さんにnobleの幹部とはふたりきりになるなって言われてるの」

　なるほど……。確かに、俺が西園寺でも同じことを言うかもしれない。

　滝は百歩譲っていいとして、南は危険すぎる。何をするかも吹き込むかもわからないから、ふたりになんてさせられない。

　っていうか、南が甘党……？　あいつは辛党だったはずだけど。……まあ、想像はつく。

「蓮さんを誘ってみようとも思ったんだけど、蓮さん、甘いものが苦手で……付き合わせるのは申し訳ないなって」

　そういうことだったのか。

　よかった、さっき嘘をついて……。

「でも、ひとりで出かけるなんて、西園寺は許さないんじゃない？」

　理由はわかったけど、西園寺ならきっと無理やりでも付

いてきそうだ。

　由姫は気を遣っているみたいだけど、由姫のためなら甘いものでもなんでも喜んで食べるだろう。むしろ、ひとりにするほうが嫌がりそうなのに。

　俺の質問に、由姫が真剣な表情になった。

「実は、内緒で来てるの……！」

　……え？

　内緒……？　そ、そういうことか……。

「蓮さん、今日は用事があるらしくて、こっそり出てきたのっ。心配かけちゃダメだと思って」

　由姫の優しさだということは十分わかったけど、多分ひとりで出かける方が心配をかけると思う……あはは。

　そんな気遣いのできるところが、好きなんだけど。

「だから、今日のことはふたりだけの秘密ね」

　由姫の言葉に、どきりと心臓が跳ね上がった。

　ふたりだけの秘密……。由姫にとっては大した意味はないだろうけど、俺にとっては嬉しすぎる言葉。って、こんなことで喜ぶなんて、俺気持ち悪いな……。

「うん、絶対内緒にするよ」

　俺の返事に、由姫はいたずらっ子のように笑った。

　……かわいい。ほんとにかわいい……。

「それにしても、かわいい店内だね……！」

　嬉しそうに話す由姫のほうが、何倍もかわいいのに。

「そうだね」

「あっ、ふゆくん、写真撮ろう！」

　え……？

　しゃ、写真……？

　由姫の言葉に、俺は動揺を隠せなかった。

　いや、そんな、いいの……？

　由姫とふたりで写真なんて、撮ったことないんじゃないか……？

　突然の提案に、あたふたしてしまう。

　状況が飲み込めずにいる間に、由姫がスマホを取り出し前に構えた。

「もうちょっと近づいて」

　え……って、近い……っ。

　言われるがまま近づくけど、髪がふれあいそうな距離だ。

　やばい、絶対顔赤くなってる……落ち着け、こんな情けない顔、写真に残ったら困るだろ……。

　顔に熱が集まらないように、必死に別のことに神経を集中させた。

「はい、チーズ」

　由姫のかわいい声とともに、カシャっという音が響く。

「えへへ、後で送るね……！」

　写真を見て満足げに微笑む由姫に、俺はほっと息を吐く。

　終わった……。ていうか、その写真、俺にも送ってくれるの……？

　うわ、嬉しい……。

　俺だけしか知らない一枚だと思うと、ガッツポーズをしてしまいたくなるほど嬉しくなった。

　写真をとるだけで、こんなにも俺の心をかき乱すのは由姫だ。……きっと、この先もずっと。

「お待たせいたしました」

　店員さんが、注文した商品を運んできてくれた。

　由姫が、テーブルに乗せられたスイーツを見て目を輝かせた。

「うわぁ〜！」

　うわ……す、すごい……。

　三段のケーキスタンドに、これでもかといろんな種類のケーキが乗せられている。

　甘い匂いが俺のほうまでしてきて、顔がひきつりそうになった。

「す、すごいね……こんなに食べれる？」

　由姫の小さな体に、全部入らないでしょ……？

　そう思ったけど、由姫は即答で頷いた。

「うん！　甘いものはいくらでも食べれるの……!!」

　嬉しそうな笑顔に、頬が緩んでしまう。

「ふふっ、そっか」

　胸焼けしそうだけど、由姫が喜んでるならよかった。

「いただきます！」

　ぱちっと手を合わせ、食べ始めた由姫。

　俺はその姿を、じっと見つめる。

「ん〜……！」

　頬を抑えながら、由姫が声をあげた。

「幸せっ……」

　　……ふふっ。ほんとに、幸せそう……。

　　パクパクと、小さな口に頬張っていく由姫。食べるたびに幸せそうに頬を緩め、「はぁ～」とため息を付いている。

　　その姿を見るだけで、俺も幸せな気持になった。

「由姫って、本当に美味しそうに食べるよね」

　　そういうところも、かわいいと思わずにはいられない。

　　俺の言葉に、由姫が恥ずかしそうに笑う。

「えへへ……甘いものは食べるだけで幸せにしてくれるからっ」

　　甘いものだけで幸せになれる由姫が、好きだ。

　　叶うなら、ずっと見ていたいくらい。

　　この笑顔を……一番近くで。

　　その特権を持っている西園寺が、羨ましくて仕方ない。

　　……なんて、ただの嫉妬だ。

「俺のも食べる？」

　　スコーンを取り分けそう聞けば、由姫が大きく目を見開いた。

「えっ、いいの……！」

　　いちいち反応がかわいくて、もうずっと俺の口元は緩みっぱなしだ。

「うん、はい」

　　スコーンの乗ったフォークを差し出すと、由姫は突然ハッとした表情になった。

「あっ、"あーん" はダメなんだったっ……！」

「え？」

　ダメ……？

　由姫が身を引いて、申し訳なさそうに俺を見る。

「ごめんね……蓮さんがね、悲しむと思って……」

　そう話す由姫に、俺はフォークを下ろした。

　そういうことか……。

「私、みんなのことはすごく大切な友達だと思ってるし、拓ちゃんに関してはもう兄弟も同然だって思ってるんだけど……もし私が逆の立場だとして、蓮さんが他の女の子に同じことしてたら、ヤキモチ妬いちゃうなって思ったの。たとえ相手が恋愛感情のない女の子だとしても、不安になっちゃうと思う」

　……何も、言い返せない。

　今時由姫みたいに考えれる女の子はいないだろうなと尊敬すると同時に、西園寺が羨ましくてどうしようもなくなった。

　こんなふうに由姫に思われるなんて……いいな。

　あー……もう本当に、羨ましい。

「だから、同じことはしたくないし、蓮さんを不安に思わせちゃうような行動はしたくないの」

　由姫の笑顔に、胸が張り裂けそうなほど痛んだ。

　西園寺への黒い感情が湧き上がりそうになって、慌てて抑える。

　違う、西園寺に嫉妬するのは間違ってるだろ。

　全部、俺が……俺たちが招いたことだ。

　由姫が西園寺を選んだのは……当然のこと。

　頭では、わかってるのに……。

「……大切なんだね、西園寺のこと」

　俺の言葉に、由姫が満面の笑みを浮かべた。

「うん！　とっても……！」

　これは、俺じゃ引き出せない笑顔だ。西園寺じゃないと、こんな顔にさせられないだろう。

　ねえ由姫。

　俺、今でも考えるんだ。毎日のように。

　あの時……俺がサラが由姫だってことに気づいていたら……今頃、どうなっていたのかなって。

　由姫が、俺の隣にいてくれてた未来は、存在したのかなって。

　何回後悔したってもう遅いっていわかってるのに、考えることをやめられない。

　きっと俺だけじゃなく、fatalのやつらは全員思ってる。

　──あの日に、戻りたいって。

「そんなに、好き？」

　自分でも、なんでこんな質問をしたのかわからない。

　今俺に、どれだけチャンスが残っているのか知りたかったのかもしれない。

　由姫は、間髪入れずに即答した。

「大好き」

　……っ。

　ダメだ、笑え、俺……。

　本当の意味で由姫を笑顔にできなくても、せめて俺は、

由姫の笑顔を守りたい。

「そ、っか……」

　今俺にできる、精一杯の笑顔を浮かべた。

　でも、少し歪（いびつ）だったのか、由姫が心配そうに俺のほうを見ている。

「俺は……」

　もう一度、今度は完璧に取り繕（つくろ）った。

「由姫が大切だから、由姫が幸せなら嬉しい」

　これは、本心だから……。

　由姫の幸せが、俺の幸せ。そんな偽善者（ぎぜんしゃ）のテンプレートみたいなセリフを心から言えるくらい、俺は由姫のことが好きだよ。

　好きで好きで、たまらないよ。

　でも、そんな俺の気持ちは、まだ知らなくていい。今は由姫を困らせるだけだから。

　西園寺が由姫を泣かせるようなことがあれば……その時はもう我慢しない。

　俺の言葉に、嬉しそうに笑ってくれた由姫。その笑顔に、安心した。

「私も、ふゆくんのことすごく大切に思ってるよ……！」

　うん、わかってるよ。今はそれで、十分だから。

「ありがとう」

　こうやって、たまに側に居られるだけで十分……いや、それは嘘だ。できるなら、毎日だって一緒にいたい。

　俺も、わがままになったな……。

「ずっと友達でいようね……！」

　由姫の言葉に、笑顔で頷いた。

「うん。そうだね」

　これは、吐いてもいい嘘。……由姫のための嘘だから。


　その後も、俺と由姫はたわいもない会話をしながら過ごした。

　俺にとって、夢のような時間だった。

「ふゆくん、そろそろ帰ろっか？」

　時計を見て、そう言った由姫。

　もう２時間以上経ってる……ちょっと店内も混んできたみたいだし、これ以上居座り続けるのも迷惑だろう。

　きっと由姫も、それに気づいて言ったんだと思う。気遣いができるところも、好きなところのひとつだった。

「うん、そうだね」

　伝票を持って、レジへ行く。

「お会計は別々ですか？」

「いえ、一緒で」

　俺が会計を済ませようとすると、由姫が慌ててお金を出そうとした。

「待って、私自分の分出すよ……！」

　律儀だなぁと、微笑ましくなる。

「このくらい奢らせてよ」

　普通の女の子なら、当たり前のように奢られてるだろうと思う。

　ましてや、由姫のような美貌を持っていたら、奢られて当然くらいに思うのが普通だろう。

　謙虚なところも……あー、ダメだ、もう好きなところを挙げだしたらきりがない。

　逆に、嫌いなところなんてひとつもないから。

　申し訳なさそうに、まだお金を出そうとしている由姫に微笑む。

「俺のほうがお兄さんだし、ね？」

　そう言えば、これ以上返すのも失礼だと思ったのか、由姫は財布を下ろしてくれた。

　お店を出るまで、何度もありがとうと繰り返す由姫に、また「好き」が増えた。


「ありがとうっ……また今度お礼させてね……！」

　ふふっ、このくらいで、お礼なんていいのに。

　お店を出て、頭を下げてくる由姫に笑顔を返す。

「これは今日、俺と一緒にいてくれたお礼みたいなものだから」

　むしろ、もっと払わなきゃいけないくらい幸せな時間をもらったから。

　由姫は意味がわかっていないのか、「……え？」と首を傾げている。

　かわいいな……とまた思った時、俺は由姫の後ろにいる影に気づいた。

「……って、あれ？」

　こんな存在感の強いもの、気づかないほうが無理だ。

　なんで、西園寺がここにいるんだろう……。由姫を迎えにきたのはわかるけど、誰から聞いたんだ？

　由姫は目立つから、nobleの誰かが連絡を入れたのかもしれない。人目を引きすぎるのも困りものだな。

「れ、蓮さん……!?　どうしてここに……！」

　振り返った由姫が、西園寺を見て声を上げた。

　てくてくと西園寺のほうにかけていく由姫を……俺は、見ていることしかできない。

　はぁ……夢のような時間が、終わった。

　もう少しふたりきりでいたかったけど……欲張ったらきりがないよね。

　西園寺もご立腹みたいだし、今日は潔く身を引こう。

「……ほんと、心配性だね。でも、由姫が彼女なら当たり前か」

　思わずそんな嫌味のようなことを言ってしまった自分に、笑えた。

　負け犬の遠吠えみたい。情けないな……。

「ふ、ふゆくんも一緒に帰ろう……？」

　由姫が誘ってくれるけど、西園寺が殺気を含んだ目で俺を睨んでいる。

　頷いた暁には、明日がなくなりそうだ……。

「俺は寄りたい店があるから遠慮しとくよ。また学校でね」

　由姫は少し残念そうな顔をした後、すぐに笑顔を浮かべて手を振ってくれた。

「ふゆくん、今日はありがとう……！」

「俺の方こそ、ありがとう」

　本当に、楽しかった……。

「行くぞ」

　もう我慢ならないとでもいうかのように、由姫の手を引いてとっとと歩いていった西園寺。

　相変わらず、独占欲全開だな……。

　あんなに由姫に愛されてるんだから、そこまで不安になることもないのに……。

　いや、安心するにはライバルが多すぎるか。

　現に俺も、そのひとりなわけだから。

　去っていくふたりの背中を見ながら、俺はまた考えてしまった。

　あの日に戻れたら……と、途方もないことを。


　その後、時間をずらすように教材の買い物をして、俺も学園へ戻った。

　寮に帰り、自分の部屋に。

　……って、何これ……。

　玄関に、見知らぬ靴が並んでいる。それも、無造作に。

　俺は靴を並べて、中に入った。

　出ていく時よりも、随分（すいぶん）と散らかった部屋。

　リビングでは、夏目と秋人と春季が我が物顔でくつろいでいた。

　なんで俺の部屋に入れたんだろう……管理人さんから鍵

もらったのかな……はぁ……。

「おう、おかえり！　どうだった？」

　漫画を読みながら、そう訊いてくる夏目。

　今日は動けないくらいお腹が痛いから欠席するんじゃなかったの……はぁ……。ため息が止まらない……。

「うん、みんな元気だったよ」

「そ、よかったよかった」

　漫画を持っていないほうの手でお菓子を食べている夏目から、興味のなさそうな返事がくる。

「俺も行けなくて悪かったな」

　春季も、スマホをいじりながらそう言ってきた。

　悪かったなんて絶対に思ってない……急用がって言ってたのはなんだったんだ……。

　もう一度、盛大なため息を吐き出した。

「今日くらいみんな来ればよかったのに」

「最近寒いしさ。今日はゴロゴロしたい気分だったんだよ」

　もう言い訳をしたことも忘れているのか、あっけらかんとそう話す秋人。

　……まあ、今日はいっか。

　みんなが来なかったおかげで、由姫とふたりで過ごせたわけだし。ある意味感謝しないこともない。

　もちろん、ふたりだけの秘密だから教えないけど。

　……って、西園寺に見つかったから、ふたりだけの秘密ではなくなったなぁ……。

　そう残念に思った時、ポケットに入っているスマホが震

えた。

　ん……？　誰だろう……？

　今日会ったメンバーからか？と思いながら開いた画面に映された文字に、俺はスマホを落としそうなくらい驚いた。

　……っ、由姫……？

　慌てて、メッセージを開く。駆け引きがどうとかよく聞くけど、そんなことしてられない。

《今日はありがとう！　ふゆくんのおかげですごく楽しかった……！》

　そのメッセージとともに、添付されていた画像。それは、さっき撮ったツーショットだった。

　……っ、うわ……。

　画面に映る由姫の姿に、頬が緩むのを抑えられない。

　やっぱり、かわいい……。

　俺は恋愛初心者の中学生かと自分に突っ込みたくなるほど、喜ぶのを抑えられなかった。

　保存しよう……って、なんか気持ち悪いな、俺……。

「何笑ってんだよ」

　漫画を見ていたはずの夏目が俺のほうを見ていて、ハッと我に返る。

「いや、別に……」

　こんなの、言えるわけない……。

　もし今日のことがバレたら、文句を言われるのは目に見えているから。それに、写真をせがまれるに決まってる。

「なんだ、やらしいやつでも見てんの？」

　にやにやして聞いてくる夏目に、ほっとした。もうそう
勘違いしてくれるほうがましだよ。
「え？　冬夜が？　意外だね」
　秋人まで、からかうように口角の端を上げている。
「由姫にチクってやろー！　どんなの見てんのか教えろ
よ！」
「いや、無理……」
「隠すなって……ほら！」
「あ、ちょっ……！」
　まずいっ……！
　夏目にスマホを奪われ、しまったと思った。
　動きが早すぎて、阻止できなかった。
　画面を見た夏目の表情が、みるみるうちに変わっていく。
　あーあ……。
「…………あ？」
　低い声を出した夏目を見て、秋人と春季も不思議そうに
近づいてきた。
「おい、なんだよこれ……」
　そう叫んだ夏目が持っているスマホを覗き見て、秋人と
春季も表情を一変させた。
　3人が、鋭い眼光を俺に向けている。
　面倒なことになった……。
　あははと、俺は苦笑いを返すことしかできない。
「……ちょっと、帰りに由姫に会ったんだ」
「ちょっとじゃねーだろ……！　つーか俺らも呼べよ!!」

　そう言われても……絶対に夏目が同じ立場でも呼ばない
よね。

　それに……。

「みんな、今日は無理だって言ってたから」

　適当な言い訳をしてサボったのは3人のほうだから。自
業自得ってやつだよ。

「由姫とふたりで過ごしたの……？」

　秋人が、震える声で確認してくる。

「うん、まあ……」

　いつもはクールな春季も、写真を見ながら歯を食いし
ばっていた。

「てめーはいっつも抜け駆けしやがって……！」

　怒りで震えている夏目が、そう叫んだ。

「抜け駆けって……人聞き悪いよ」

「おい、その写真送れ」

　げっ……。

　やっぱりこうなるかと、春季の発言に肩を落とした。

　でも、ここは俺も譲れない。

「いやだ」

　そう言って、油断していた夏目からスマホを奪い返した。

　画面を落として、ポケットに戻す。

「おい……!!　独り占めとかズルいだろ!!　俺にも送ってく
れよ!　由姫だけ切り取ってスマホの壁紙に設定するか
ら!」

「却下。由姫の許可なしにそんなことできないよ」

「裏切りもんが……！」

　夏目が、顔を真っ赤にしながら逆上している。

　これは当分、収まりそうにないな……。

「冬夜ってほんと、隅に置けないよね……」

　不満をこぼす秋人に、苦笑いしか返せない。

　別に、ずるいことをしているつもりはないし……むしろ、3人が自ずとチャンスを逃しまくっている気がする……。

　そんなことを思った時、後ろから拳が飛んできた。

　気配を感じてすぐに避けれたけど、当たっていたら相当痛かっただろう。

「……うわっ……何？」

　急に殴りかかってくるとか……。張本人の春季は、あっけらかんと答えた。

「無性に殴りたくなっただけだ」

　……野蛮過ぎるよ……。

　本当に、春季が優しいのは由姫の前だけというか、由姫以外にはあたりが強すぎるというか……。

「暴力的だなぁ……」

　あははと、笑うことしかできなかった。


　怒りが冷めやらないらしい3人をなんとか家から追い出して、ようやくひとりになる。

　というか、どうして俺の部屋でみんな揃ってくつろいでたんだろう……すごく散らかってるし……。

　お菓子の食べかすがテーブルの上に散らばっていて、た

め息が溢れた。

　まあいいか……今日はこんなことどうでもよくなるくらい、いいことがあったから……。

　俺はスマホを開き、さっきし損ねた返事を打つ。

《俺のほうこそ。写真もありがとう。また行こうね》

　……うん、このくらいシンプルでいいか。

　毎回、由姫への返事はすごく悩む。

　異性と連絡のやり取りなんてしてこなかったし、相手が誰よりも好きな女の子とくれば慎重にもなる。

　ほんと、中学生みたいだ、俺……。

　すぐに返事が来て、メッセージを開いた。

《うん！　今度はみんなで行こう！》

　みんなで、か……。

《楽しみにしてる》と、返事を送った。

　本当は、またふたりきりでどこか行きたい。

　でも……由姫はそんなこと望んでないだろう。

「はぁ……」

　ソファに寝転び、天井を見つめた。

　今日もまた、いつもと同じことを考える。毎日のように、夜になったら考えてしまう悩み。

　どうすれば……由姫に好きになってもらえるんだろうなぁ……。

　不毛だとわかっていても、考えてしまうんだ。

　いつか由姫が、俺と同じ意味で「好きだ」と言ってくれる日が来ないかな……なんて。

　そんな未来を、諦めずにいられない。

　ごめんね、諦めの悪い男で。

　でも……俺はいつまでも、由姫に焦がれ続けるだろう。

　いつかいつかと、夢を見ながら。

　もし本当に、そのいつかが来たら……。

　──その時は、あの太陽よりも眩しい笑顔を、俺に向け
てくれるかな。

　そんな日を夢見て、ひとり気合いを入れ直した。

## 助けて由姫！

　今日は何をしようかな……。

　休日の朝。私はソファに座りながら、そう思った。

　今日は水曜日の休日。いつも休日は蓮さんと過ごしているけど、今日はnobleの集会があるらしく留守にしている。

　宿題……は終わったし、緊急でしなきゃいけないこともない。

　せっかくだから、実家に帰ってみようかな……！

　そんなことを思った時、テーブルの上に置いてあるスマホが震えた。

　ブー、ブー、と音を鳴らしているスマホを手に取ると、画面に映しだされたのは「弥生くん」の文字。

　どうしたんだろう……？

　弥生くんからはたまに電話がかかってくるけど、こんな朝から電話なんて珍しい。

　すぐにボタンを押して、スマホを耳に当てた。

「もしもし、弥生くん？　どうし──」

《由姫……！　あ、あの、助けてっ……！》

「え？」

　助けて……？

　スマホ越しに聞こえた、弥生くんの焦った声。

　こんな動揺しているのは珍しくて、私も心配になった。

　いったい、どうしたんだろう……!?

《かよが……た、大変なんだっ……！》

　華生くん……？

「何があったの？」

《熱が、高くて……それで、俺、どうしていいか……部屋もめちゃくちゃでっ……》

　なんとなく、状況がわかってきた。

　華生くんが体調を崩したのかな……それにしても、ここまで動揺してるってことは、相当容体がひどいのかもしれない。

　心配だから……すぐに行こう。

「今から向かうね。部屋の番号教えてもらってもいい？」

　私は弥生くんから部屋の番号を聞いて、すぐにふたりの元へ向かった。


「由姫……！」

　インターホンを押すと、すぐに弥生くんが現れた。

　慌てた様子で、困り果てている弥生くん。

　玄関から家の中が見えて、いろんなものがひっくり返っているのがわかった。

「こ、これは……」

　どうしてこんなに、散らかっているんだろうっ……！

「お、俺、看病しようと思ったんだけど、どうしていいかわからなくて……」

　そう話す弥生くんは、今にも泣き出しそうで、私はなだめるように頭を撫でた。

「大丈夫だよ、落ち着いて。ね？」

　いつも蓮さんがしてくれること。頭を撫でられると、落ち着くから。

「う、うん……」

　少し落ち着いたのか、ふぅ……と息を吐いた弥生くん。

　それでもやっぱり落ち着かないようで、私は中に入らせてもらった。

「華生くんの容体は？」

「熱が38度5分もあって……ずっとうなされてて……」

　高熱だ……そういえば、昨日もいつもより元気がなかった……。

　大丈夫かなっ……。

　案内されるまま、華生くんが眠る寝室へ。

　冷房をつけているのか、部屋を開けた途端冷たい風が吹いた。

「……っ、う……」

　中には、ベッドの上で横になり、辛そうにうなされている華生くんの姿が。

　汗をかいているから、ベタベタして気持ち悪いのか一層苦しそうに見えた。

　額に手を当てると、驚くほどの熱が伝わってくる。

　これはひどい……。

「ひとまず、汗を拭いて服を着替えさせてあげてくれないかな？　それと、寒いから掛け布団ももう一枚用意できないかな？」

「さ、寒いの……？」

「体温が高くても、寒さを感じるの。クーラーも消しておくね。私も、氷枕とかを用意しておくから」

　すぐに少しでもいい環境を整えてあげなくちゃと、私は弥生くんにいくつかお願いした。

「わ、わかった……！」

　こくこくと頷いて、必要なものを取りに行った弥生くん。

　私も、キッチンを借りて用意をした。


「由姫、これでいい……？」

　必要なものを持って寝室に戻ると、弥生くんが不安そうにこっちを見てきた。

　華生くんの服を着替えさせて、きちんと布団も重ねてくれている。

「うん、バッチリだよ」

　笑顔で答えて、私も持ってきたものを整える。

　保冷剤をタオルで巻いた簡易的な氷枕を敷いて、おでこには冷たい水で冷やしたタオルを置く。

「これでよしっと……」

　心なしか、華生くんも容体がマシになったように見える。

　さっきまで苦しそうに唸り、呼吸を荒げていたけど……今は落ち着いていた。

「大丈夫かな……かよ……」

　心配そうに華生くんを見つめている弥生くんに、胸が痛んだ。

　大事な兄弟が苦しんでいたら、辛いよね……。

「一度保健の先生に診てもらったほうがいいかもしれないね……」

　もしかしたら、風邪じゃない可能性もある。

「そっか……！　俺、呼んでくる……！」

　えっ……あ……！　行っちゃった……。

　引き止める間も無く、家を飛び出して行った弥生くん。

　本当に、華生くんが大事なんだなぁ……。

　ふたりの関係に、こんな時なのに微笑ましくなった。

　すやすやと眠っている華生くんを見ながら、微笑む。

　こんな素敵な兄弟がいて、よかったね……。

　私もできることをして待っていようと、立ち上がって散らばっているものを片付けた。


「由姫！　連れてきた！」

　出て行ってから間も無くして、バタン！とドアが開いた。弥生くんの声が、寝室まで聞こえた。

「……って、なんでこんなに綺麗になってんの……？」

　家の中を見て、驚いている弥生くん。

「入るね」

　先生の声が聞こえて、私は邪魔かと思い隅に寄った。

　入ってきた先生が、私を見て一瞬驚いた表情を浮かべた。

　すぐに華生くんのもとへ行って、診察してくれた先生。

「うん、ただの風邪ね。免疫がなくて苦しんでるのかもしれないけど、このくらいの熱なら大丈夫よ」

　先生の言葉に、私と弥生くんはほっと胸を撫で下ろした。

　よかった……。

「今日はとにかく安静に」

「ありがとうございます……！」

　先生に、弥生くんが頭を下げている。

　その姿にまた微笑ましくなって、私も頭を下げた。

「それじゃあ、あたしは失礼するわね」

　帰っていく先生をお見送りするように、玄関までついていく。

　先生はドアを開いて手を振ったあと、私を見てにやりと口角を上げた。

「あんまり女の子が男の子の部屋に上がっちゃダメよ〜」

　……え？

　パタンと音を立て、しまったドア。

　もしかしたら、変な誤解をされちゃった……？

　心配してくれたのは嬉しいけど、私とふたりにそんな感情はないから大丈夫だ。

　ふたりは、今や私にとって親友のような存在。

　ふたりにとっても……そうだといいなっ……。

「片付けまでしてくれて、ありがとう由姫……」

　先生が帰った後、弥生くんが申し訳なさそうにそう言ってきた。

　お礼なんていいのに。

「ううん。こちらこそ、先生を呼んできてくれてありがとう」

　それにしても、部屋中ひっくり返っていたけど……いっ

たいどうしてあそこまで散らかっちゃったんだろう……あはは。

「かよが熱出すのとか、小学生ぶりで……どうしていいのかわからなくて、パニクっちゃった……ごめんね、何から何まで……」

　恥ずかしそうにそう話す弥生くんに、納得した。

　それであんなことになってたんだね……よっぽど取り乱したんだろう。

「友達なんだから、いつでも頼ってよ……！」

　私の言葉に、弥生くんは安心したように目を垂れ下げて微笑んだ。

「ありがとう……」

　ふふっ、いつもは頼りになる弥生くんだけど、今日はなんだかかわいい。

　弟の輝を思い出して、私は笑みが溢れた。

　すやすやと眠っている華生くんを見て、「よし」と拳を握る。

「目が覚めた時に何か口にしたほうがいいから、おかゆ作っておくね。キッチン借りてもいい？」

　今日は１日、華生くんの看病デーだ……！

「うん……！　ありがとう、由姫」

「弥生くんは、華生くんのそばにいてあげて」

　そうお願いして、私はひとりキッチンへと向かった。

【side弥生】


「華生くん、どう？」

　おかゆを作るとキッチンへ行っていた由姫が、寝室に戻ってきた。

　もうできたのかな……？

「まだ寝てるけど、辛そうではないよ」

「ふふっ、ほんとだ。気持ちよさそうに眠ってるね」

　かよを見て微笑む由姫に、俺も笑みが溢れた。

　それにしても……今日は由姫がきてくれて、本当に助かった……。

　今日の朝は、本当に大慌てだったから……。


　——昨日から、少し元気がなかったことはもちろん気づいてた。

『かよ、体調悪いの？　大丈夫か？』

『うん、平気。昨日遅くまで動画見てたから寝不足だと思う……』

『そっか。なんかあったら言えよ！』

『ありがと、やよ』

　それから、かよの体調が悪化しだしたのは夜頃から。

『あー……なんかだるい』

『やっぱ体調崩したんじゃない？　今日はもう寝なって』

『うん……そうする……』

　そして、朝起きると、苦しそうにうなされているかよの

姿があった。

『う、っ……』

『かよ……!?　大丈夫か!?』

『っ、はぁっ……うっ……』

　呼びかける俺の声も聞こえないのか、ずっと息を荒げ、うなされているかよに俺はパニックになった。

　どうしよう、こういう時って、何をすればいいんだっけ……っ。

　かよが熱を出すのなんて小学生ぶりで、しかもその時は使用人達が看病してくれたから、どうしていいかわからない。

　とりあえず、暑そうだから、クーラーかけよう……！

　えっと、あとは……っ。

　ひとまず体温を測ろうと、体温計を探す。

　どこだ……こっちじゃない、こっちでもない……っ。

　家中ひっくり返して、体温計を探した。

　……！　あった……！

　すぐにかよの元に持って行って、脇に挟む。

　ピピピピという音が響いて温度を確認すると、38.5℃という数字が表示されていた。

　高熱じゃんっ……やばい、どうしよう……っ。

　風邪……？　いや、もしかしたら病気とかっ……。

　かよがいなくなったら、どうしよう……っ。

　想像するだけで、ぞっとした。

　俺とかよは、ふたりでひとつ。俺の世界にはいつだって

　かよがいるのが当たり前で……。

　死なないで、かよっ……。

　苦しそうにうなされているかよの姿を見て、泣きそうになった。

　って、こんな悩んでてもなんにもならないっ……。

　でも、俺、何していいのかっ……。

　そう思った時、俺の脳裏（のうり）に浮かんだひとりの人物。

　すぐにスマホを手に取り、電話を掛けた。

　プツッと音を立てて、すぐに電話はつながった。

《もしもし、弥生くん？　どうし――》

『由姫……！　あ、あの、助けてっ……！』


　……そして、今に至る。

「何から何までごめんね由姫……」

「ふふっ、謝らないで。力になれて嬉しいから」

　そう言って微笑んでくれる由姫の優しさに、救われた。

「よかったら由姫も座って。疲れたでしょ？」

「ありがとう」

　由姫がいなかったら今頃、なんにもできないままただ騒ぎ立てていたかもしれない……。

　ごめんなかよ、ダメな兄弟で……。

　眠っているかよを見ながら、心の中でそう謝った。

　けど、俺にとっては誰かに助けを求めるなんて、異例（いれい）のことだった。

　いつだって、俺たちは何かあっても、ふたりで解決して

きたから。

　俺たちの間に、介入できるやつはいないんだって、思っていた。

　由姫に出会うまでは……。

　こんな情けないところを見られてしまって恥ずかしいけど、由姫だから助けを求めることができた。

　俺にとって由姫も、かけがえのない存在。

　あっ……。

　かよが身をよじって、枕元にあったマスクが落ちた。

　すぐに拾って、落ちないところに置いておく。

「そういえば……華生くんって、いつもマスクつけてるけど、何か理由があるの……？」

　俺の隣に座った由姫が、そう聞いてきた。

「俺たちを見分けられるものが必要でしょ？」

「そっか……なるほど」

　由姫は俺たちを見分けてくれるけど、他のやつはそうはいかない。

　由姫も、他のやつが見分けられないことを知っているから、納得したように頷いた。

「俺たち……親も見分けつかないくらいそっくりだから」

「え？　親も……？」

　ドキッと、違う意味で心臓が跳ね上がる。

　あ……余計なこと言っちゃった。

　この話は、誰にも話したことがない話だったのに。

「あー……いや、そんな大した理由じゃないんだけど……」

　由姫が、不思議そうに首を傾げた後、ハッとした表情になった。

「ごめんね……！　言いにくいことは話さなくてもいいから……！」

　俺が言い淀んだから気を使ってくれたのか、笑顔でそう言ってくれる由姫。

　優しいな……。俺だったら野次馬精神で絶対に聞き出すのに。

　ていうか、由姫には隠し事なんてしたくないから、全然平気なんだけど、勝手に言っても大丈夫かなって悩んだだけだ。

　かよにとっては、好きな子に知られるのは嫌かもしれないと思ったから。

　かっこいい話じゃないし。……でも……。

　由姫には、聞いて欲しい。

「一回、かよと俺、入れ替わったふりをしたことがあるんだ」

　俺はゆっくりと口を開いて、話を始めた。

　あれは……小学生の頃の話。

「もともとあんまり家にいない親だったんだけどね……」

　俺たちは、親が家にいないのが当たり前だと思っていた。

　両親というのはいつも働きに行っていて、たまに帰ってくるのが普通なんだって。

　俺たちのために、お父さんとお母さんは働いてくれてる。一生懸命、俺たちのためだけに。

　そう、信じて疑わなかった。

「ある日、ふたりで両親を笑わせようと思って、入れ替わったふりをしたんだ」

　当時の俺たちは、前髪の分け方を左右別々にしていた。

　そうでもしないと、学校の先生が見分けられなくて困るから。

　でも、親はそんなことをしなくても当たり前のように見分けてくれていると思っていた。

　親が帰ってくる日……前髪を入れ替えて、ワクワクしながら待っていた。

「きっと、何してるのふたりともって言って、笑ってくれると思ったんだ」

　でも……。

「両親は、俺たちが入れ替わってることに気づかなかった」

　そうして、俺は……俺たちは気づいた。

　親から、愛されてなんかいなかったことに。

　両親はただ仕事が好きで、仕事人間だから家に帰ってこなかっただけ。

　俺たちよりも、親にとって大事なのはキャリアだった。

　そして、俺たちは親にとっての便利な跡取りでしかなかった。

「そんな……」

　由姫が、眉の端を下げ、悲しそうに下唇を噛んでいた。

　ふふっ、由姫がそんな顔する必要ないのに。

「その日はもう情けないというか虚しくてさ〜。親がいなくなるまで、お互いのふりをし続けたんだよね。ちょっと

楽しかったけど～」

　俺は由姫に気を使わせないように、なんでもないことのように言った。

　実際、俺はすぐに立ち直ったし、今さら親に何も求めていない。

　見分けてもらえなかったその日はそりゃショックだったけど、翌日には割り切っていた。

　そっちが愛してくれないなら、俺たちだって愛してやらない。親なんかどうでもいいって。

　それからは開き直ったように、誰にも理解なんかされなくていいってふんぞり返っていたし、前髪を分けるのもやめた。

　でも……図太い俺とは違って、優しいかよはそう簡単に割り切れなかったんだ。

「マスクはさ、区別をつけるためっていうのもあるけどね……」

　そして……。

「それ以来、かよが親の前でうまく笑えなくなったんだ」

　かよは親を前にすると極度に緊張して、うまく話せなくなった。

　俺がうまいこと誤魔化していたけど、ふたりきりになった途端泣くようになった。

　優しくて、純粋なかよ。両親の前で、必死で笑おうとしているかよが痛々しくて、見ていられなくなった。

　別に、俺のことは愛さなくていい。だから……かよのこ

とは、愛してやってよ。

　両親にそう願ったけど、言っても無駄だってわかってた。今更、この親を変えることなんて、俺にはできやしない。

　けど、かよのことは放って置けなかった。

　俺はなんとかしようと、かよにマスクを渡した。

『俺、別に風邪ひいてないけど……』

『最近はファッションでつけるやつもいるんだぞ！　それに、これがあれば口元は見えないから』

　笑っていなくてもバレない。

　無理に笑わなくてもいいんだよって。

　それから、かよはマスクを手放さなくなった。

　みんな、俺たちをそっくりだっていうけど……。

　全然、違う。

　俺たちは、そっくりなんかじゃない。

　性格も、好みも、考え方も……全くの別人だ。

　優しいかよと、ひねくれた俺を一緒にするな。かよに失礼だ。

　こんな話を聞いて……由姫はいったいどう思うんだろう……。

　反応が怖くて、視線を下げた。

　そんな俺に降ってきたのは……。

「……弥生くんは、華生くんのことが大事なんだね」

　由姫の、慈しむような声。

　……え？

　恐る恐る顔を上げると、由姫は俺を見て、これでもかっ

てくらい優しい笑みを浮かべていた。

「そんなふうに思われて……華生くんは幸せものだよ」

　……っ。

　そんなこと、ない……。

　正直、何度か思ったことがあるんだ。

　俺さえいなきゃ、かよは幸せだったんじゃないかって。

　双子じゃなかったら、かよにはもっと幸せな人生があったかもって。

　かよは全てにおいて、俺より優れてる。

　勉強もスポーツも、喧嘩も戦術を考えるのも、いろんなものに長けていた。

　それに比べて俺は、いつもかよの足を引っ張っている気がして仕方なかった。

　どうしたんだろ、俺……。

　かよが弱ってるから、俺も弱ってんのかな……。

　普段なら、こんなこと思わないのに……。

「かよは優しいから何も言わないけど……そんなことないと思うよ」

　ははっと、枯れた笑みがこぼれる。

「どうしてそう思うの？」

　どうして、って……。

「俺……いつも頼りっぱなしだし、迷惑しかかけてないから……」

　こんなことを言っても由姫を困らせるだけだってわかってるのに、本音がこぼれた。

「それは違うよ。だって華生くんは、弥生くんといる時だけは楽しそうだもん」

　俺の情けない言葉を、由姫がすぐに否定してくれる。

　そう、なの……？

「弥生くんがいない時はつまらなさそう。それって、華生くんにとって弥生くんは必要不可欠な存在ってことでしょ？」

　……っ。

「気のせい、じゃないかな……」

「気のせいじゃないよ。私ふたりのこと、ちゃんと見てるもん」

　まっすぐに俺を見てそう話す由姫が、嘘をついているようにもお世辞を言っているようにも見えなかった。

　かよ、そうなの……？

　俺がいない時のかよなんて知らないし、誰も教えてくれなかったけど……。

　由姫の言葉が本当なら、嬉しい。

　由姫は、俺をじっと見つめたまま、再び口を開いた。

「ふたりの両親がいったいどんな人かはわからないけど、きっと……」

　俺を見て、ふわりと花が咲いたみたいに笑う由姫。

「華生くんは弥生くんからの愛情だけで、幸せなんじゃないかな」

　──その言葉に、俺の全部を認めてもらえたような気がした。

「弥生くんが必死に華生くんを守ろうとしてるように、華生くんにとっても、弥生くんは唯一無二の存在だよ」

　こんなの、俺の自己満でしかないけど……由姫がいなきゃ、今日だって何もできなかったわけだし……。

「こんなふうに思ってもらえる兄弟がいたら、幸せに決まってる」

　……っ、そうだったら、いいな……。

　そうあって、ほしいなと思った。

　って、なんでこんな話になったんだろ……はは。

　由姫の前でまた、かっこ悪いとこ見せちゃった……。

　好きな女の子の前では、いつでもかっこよくありたいのにさ……。

　気を取り戻して、かっこよさを取り繕おうとした時だった。

「本当は、弥生くんだって悲しかったよね」

　……由姫のその一言は、俺の涙腺を崩壊させるには十分だった。

　その通りだったから。

　虚勢を張ってごまかしていたけど、本当は俺だって、両親に見分けてもらえなかったことを心のどこかで引きずっていた。

　泣きたい時も何度もあった。でも……俺以上に悲しんでいるかよの前で、そんな弱気な顔は見せられなかった。

　とにかくかよを元気にさせてあげなきゃって、それでいっぱいだったから。

「それなのに、華生くんの心配をして……よく頑張ったね」

　よしよしと、俺の頭を撫でてくれた由姫。

「泣きたい時は、泣いてもいいんだよ」

　……なんでこんなに、俺のこと全部わかってくれるんだろう。

　どうして由姫だけが——欲しい言葉をくれるんだろう。

「……っ、あ、あれ、おかしいな……」

　目から、ぽたぽたと何かがこぼれた。

「これは、なんか、その……ゴミ！　ゴミが入ったのかも！」

　ごしごしと擦って、由姫から見えないように顔を隠す。

　もう、最悪、ダサすぎ俺……。

　でも、晴れ晴れとしている自分もいた。

「あの、だから、見ないで……」

　せめて泣き顔は見られたくないと、そうお願いする。

「それじゃあ、目瞑ってるね」

　恐る恐る由姫のほうを見ると、本当に目を瞑ってくれていて、少しほっとする。

　ああもう、どこまで優しいんだろう……。

「よしよし」

　目を瞑ったまま頭を撫でてくれる由姫がおかしくて、かわいくて……愛おしくて、もうどうしようもない。

「由姫……」

　好きだ……。

　大好き、だ……。

　俺は導かれるように、そっと由姫に顔を近づける。

　唇が重なりそうになった時だった。

「……何してんの、やよ……」

「……っ」

　か、かよ……!?

　眠っていたはずのかよの声が響いて、慌てて由姫から離れた。

　かよは、目を細めて俺をじーっと睨んでいる。

　こ、これはなんていうか、不可抗力っていうかっ……。

「あれ、華生くん……！」

　由姫が、かよの声に目を開けた。すぐにかよのほうに近づいて、心配そうに見つめている。

「目が覚めたの……！　大丈夫……？」

「う、うん、平気……でも、どうして由姫がここに……？」

「弥生くんがね、華生くんを心配して頼ってくれたの」

　由姫の言葉に、かよはふたたび目を細めて俺を見た。

「そっか……」

　な、何、その何か言いたげな目はっ……。

　いたたまれなくなった俺は、財布を持って立ち上がった。

「か、かよ、腹減っただろ！　なんか買ってきてやるよ！」

　一旦頭を冷やそうと、そう告げる。

「……ぶどうゼリー」

「うん！　まかせとけ！」

　財布を持って、すぐに家を飛び出した。

　……あっぶなかった……。

　キ、キスとか、ダメだよな……。でも、なんかこう、愛

しいって感情が限界を超えたというか……。

　あー……ほんとに、もう好きしかない……。

　こんなに俺のことをわかってくれる人は、きっとこの先由姫しか現れないと思う。

　絶対に、由姫を諦めたくないと改めて感じた。

　俺の目標は変わらない。

　——打倒、西園寺だ……‼


【side華生】


「か、かよ、腹減っただろ！　なんか買ってきてやるよ！」

「……ぶどうゼリー」

「うん！　まかせとけ！」

　そう言って、財布を持ち一目散(いちもくさん)に部屋を出て行ったやよ。

　……なんだあれは……。

　俺ははぁ……と、ため息が溢れた。

　俺が寝てる隙に、抜け駆けなんて……いくらやよでも許さないよ。

「大丈夫？　やっぱり辛いよね」

　ため息をついた俺に、勘違いしたのか由姫が心配そうに顔を覗き込んできた。

　至近距離(しきん)に由姫の顔があって、どきりと心臓が大きく跳ね上がる。

　し、心臓に悪いっ……。

「う、ううん、全然平気……！」

　笑顔でそう言えば、由姫が少し安心したようにほっと息を吐いた。

　由姫の前で、かっこ悪いところは見せたくない……。って、風邪引いて寝込んでる時点で、すでにかっこ悪いけどさ……。

　頭も痛いし体もだるいし、体調は最悪だけど、できるだけ元気なふりをした。

「熱、もう一回測ろっか？」

「う、うん！」

　体温計を受け取り、熱を測る。

　音が鳴って確認すると、俺は映し出された数字に驚いた。

「38.2℃……」

　こんなにあったんだ……。熱が出たのなんて久しぶりだから、びっくり……。

「まだ高いね……今日は１日ゆっくりしててね」

　心配そうに顔を覗き込んでくる由姫に、こくこくと頷く。

　ゆ、由姫、近い……。

　いつも自分から抱きついたりしているけど、由姫から近づかれると心臓が……。

　それに……。

「ふ、ふたりきりとか、初めてだね……」

　嬉しいけど、緊張して体調が悪化しそうっ……。

「ふふっ、そうだね」

　きっと、こんなに緊張しているのは俺だけで、由姫の笑

顔がそれを証明している。

　仕方ないことだけど、少し寂しい。

　男とふたりきりだっていうのに、由姫は全く警戒心を持っていなさそうだし……完全に男として意識されてないってことだ。

　いったいどうすれば、俺のこと男として見てくれるんだろう……。

　西園寺と付き合ってからも、由姫へのアピールは続けているし、これからも頑張るつもりだ。

　なんなら、西園寺たちが卒業してからが本番くらいに思っている。

　邪魔者がいなくなったら……俺たちも本気でうばいにいくつもりだ。

　今は無害な友達を演じて、由姫に信頼を持ってもらうのが優先。

　そういう意味では、意識されてないことはいいことなのかな……。

「タオル変えよっか？」

　俺の額に置いてあったタオルをとって、冷まし直してくれた由姫。

　ひんやりと冷たいタオルがもう一度乗せられ、少し頭がキンとした。

　冷たいっ……でも、気持ちいい……。

「ごめんね、看病させて……」

　今日は休日なのに、由姫の休みを奪ってしまって申し訳

ない気持ちがあった。

　そんな俺を見ながら、由姫がいつもの優しい笑みを浮か
べてくれる。

「私が風邪を引いても、きっと心配してくれるでしょう？
友達なんだから、このくらい当たり前だよ」

　俺に気を使わせないような言い回しに、由姫はいい子だ
な……と再確認した。

「華生くん、ずっとうなされてて……弥生くんがすごく心
配してた」

　やよが……？

　なんとなく、慌てているやよの様子が想像できた。

　俺に何かあった時、やよはいつも心配して、なんとかし
てくれようとするから。

　いつだって……俺はやよに助けられてばかりだ。

「やよに悪いことしちゃったな」

　ぽつりと、本音がこぼれた。

「悪いことなんかじゃないよ。きっと、ありがとうって言
えば喜んでくれるよ」

　笑顔でそう言ってくれる由姫に対して、俺は苦笑いしか
返せない。

「やよにはいつも、迷惑かけてばっかりだ……」

　肉体的に弱ると、人は精神的にも弱ってしまうんだろう
か……。いつもなら自分のうちに秘めている本音が口から
溢れて止まらない。

「……え？」

　由姫は、俺の言葉にきょとんと首を傾げた。

「いつも俺、やよに頼りっぱなしなんだ……」

　本当に、情けない……。

　俺ばっかり、やよに助けられてる。

　内気で口数の少ない俺に変わって、俺の分までコミュニ
ケーションを取ってくれるし、俺が困っている時には何も
言わなくても先回りしてフォローしてくれる。

　俺が立ち直れなくなった時も……やよはいつも、必死に
俺をすくい上げてくれた。

　今の俺がいるのは、やよのおかげだ。

　それなのに俺は……やよに何にもしてあげられてない。

「……ふふっ」

　……え?

　由姫の笑い声が聞こえて、顔を上げる。

　どうして笑ってるんだろう……?

「ごめんね、バカにしたわけじゃないの。さっきね、弥生
くんも似たようなこと言ってたんだよ」

　由姫の言葉に、驚いて目を見開いた。

「やよが……?」

　似たようなことって……?

「いつも華生くんに頼りっぱなしで、迷惑ばっかりかけて
るって……」

　なんだ、それ……。

　由姫が嘘をつくとは思えないけれど、ありえないこと
だった。

　俺、やよに頼られてたの……？　ていうか……迷惑とか……。

「俺、やよに迷惑なんてかけられたことないけど……」

　いったい、なんの話……？　身に覚えがなさすぎて、困惑した。

「そういうことだよ」

「え？」

　由姫が、戸惑っている俺を見ていつものかわいい笑顔を浮かべた。

「華生くんがそう思ってるように、弥生くんだって思ってる。華生くんのこと、弥生くんが迷惑だなんて思うわけないよ」

　……っ。

　……そう、なのかな……。

　そうだと、いいな……。

　由姫の言葉に、心が随分と軽くなった。

　弱ってて情けないこと言っちゃったけど……こんなふうに受け入れてもらえると、思わなかった。

「ふたりは本当に素敵な兄弟だね」

　由姫の言葉が、ジン……と胸に響く。

　そんなこと……初めて言われた。

　やよは俺にとって、大事な大事な兄弟。

　唯一無二の存在だ。

「そう思う……？」

「うん！」

　俺たちの関係は、俺たちだけがわかっていればいいと思っていたけど……認めてもらえるのって、こんなにも嬉しいことだったんだな……。

　……好きだなぁ。

　やっぱり……どうしようもなく。そう思わずにはいられない。

　由姫だけが俺たちの理解者で、俺たちが惹かれずにはいられない存在。

「由姫、あのね」

「ん？」

　頭がぼうっとしているからか、勢いのまま想いを口に出しそうになった。

　──ぐう……。

　俺を制止するように、腹の虫が鳴った。

　……最悪……。

「うっ……」

　こんな時に腹が鳴るなんて……。

　恥ずかしくて、違う意味で顔が熱くなった。

「あっ、お腹空いたよね……！　おかゆあるけど、食べる？」

　え？　おかゆ……？

「食べたい……！」

　目を輝かせた俺に、由姫が立ち上がった。

「ふふっ、ちょっと待っててね」

　由姫が作ったおかゆ……。

　由姫の手料理を食べるのは、２回目だ。

　鍋をした時と、今回。

　風邪引いてよかったかも……なんて。

　すぐにおかゆを持ってきてくれた由姫が、ベッドテーブルに置いてくれた。

「はい、どうぞ！」

　たまご粥だ……。

　おかゆだから匂いはしないはずなのに、鼻腔をくすぐるいい香りがした。

　フーフーと冷まして、ぱくりと口に頬張る。

「……美味しい……！」

「ほんとに？　ふふっ、よかった」

　パクパク食べる俺を見て、由姫が笑っている。

「由姫はなんでもできるんだね」

「そんなことないよ。このくらい誰でも作れるよ」

　俺は料理できないから、尊敬する……。

「ごちそうさまでした……」

　風邪のせいで食欲はそんなになかったはずなのに、すぐに食べ終えてしまった。

　美味しかったな……。

「お腹いっぱいになった？」と聞かれ頷くと、由姫が笑顔でトレーを下げた。

　水飲みたいな……。

　俺は、少し離れた場所にある水に手を伸ばした。

「わっ……」

　……時、バランスを崩して、倒れそうになる。

　体に力が入らなくて、体勢を整えることもできず、痛みがくるのを覚悟した時だった。

　ふわりと、やわらかいものに支えられたのは。

「……っと……大丈夫？」

　一瞬……自分の状況を把握できなかったけど、すぐに理解した。

　由姫に、だ、抱きしめられてるっ……。

　俺を支えるため、受け止めてくれた由姫。

　いつも腕に抱きついたりはしているけど、正面から抱き合うなんて初めてで、頭の中はパニックに陥っていた。

　うわ……どうしよう、いい匂いがする……っ。

　それに、やわらかいし、やばい……。

　ドッドッドッと、心臓がおかしくなったのか異様なくらい騒ぎ立っている。

　離れないといけないけど、体に力が入らない。

　それに……。

　──離れたく、ない……。

　好きな子を抱きしめると、こんなにも幸せで満たされるのかと、俺は初めて知った。

「華生くん？」

「あ……だ、大丈夫……！　ありがとうっ……」

「どういたしまして」

　由姫が、ふふっと笑ったのがわかった。

　どうしよう、離れられない……。できるならずっとこうしてたい……。

「あの……か、体に力が、入らなくて……もうちょっとこのままでも、いいかな……」

　俺は風邪があることを言い訳に、ずるいお願いをした。

　離れていかないように、ぎゅっと抱きしめる。

「え？　……あ、あの、すごく力が入ってる気が……」

　由姫が俺の腕の中で身をよじった時、バタンと玄関が開く音が響いた。

「たっだいまー！……って、な、何してんの……!?」

「……」

　……タイミング悪いな……。

　部屋に入ってきたやよをじっと、睨みつける。

　やよは俺と由姫を見て、驚いたように目を見開いていた。

「に、睨むなよ……！　ていうかマジでどういう状況これ……!?」

「ちょっと華生くんがふらついて、受け止めてたの」

「そ、そっか……」

　由姫の言葉に納得したのか、胸をなで下ろしているやよ。

　俺は由姫から離れ、ペットボトルの水を手に取り蓋を開ける。

　夢のような時間だったと思いながら、水を飲んだ。

「ほら、ぶどうのゼリー買ってきたぞ。今食べる？」

「後で食べる」

「了解。冷蔵庫入れとくな！」

　にこっと微笑むやよに、俺も口元が緩んだ。

　由姫が言っていたように、相当心配をかけちゃったんだ

ろうな……。

いつもなら、悪いことしたなって思うけど、今は……。

ただ、ありがとうって思った。


その後も、由姫は家のことをしてくれたり、かいがいしく世話を焼いてくれた。

風邪を引いた甲斐があった……と思うくらい、楽しい時間だった。

「あっ……」

スマホを見た由姫が、ハッとした表情になる。

誰かからメッセージでもきたのか、じっと読み込んでいる。

読み終わった後、口元を綻ばせた由姫を見て……差出人に検討がついた。

多分、いや絶対……西園寺からだろうな。

「それじゃあ、私はそろそろ帰るね！」

そう言って、立ち上がった由姫。

もう夕方だし、本音ではまだいて欲しかったけど……俺は由姫を引き止める言葉を持ち合わせていなかった。

今から……西園寺のところに行くのかな。

そう思うと、風邪とは別の理由で胸がキリキリと痛んだ。

「うん……」

寂しいな……。

でも、"今"は仕方ない。

「今日はありがとう、由姫。また明日……！」

　やよが、由姫を見送ろうと立ち上がった。

　俺も玄関まで送ろうと思ったけど、「安静に」と諭されてしまった。

「また明日。華生くんは無理しないでね。しんどかったら欠席してね」

「ありがと……」

　由姫に会うために、何がなんでも治していくけど……。

　ガチャッと、玄関の扉が閉まる音が聞こえた。

　やよが寝室に戻ってきて、視線を向ける。

　何か言いたげに俺を見ていて、もちろん俺は、やよが何を聞きたいのかわかっていた。

　……さっきのことだろうな。

「……で？　さっきのはなんだよかよ！」

　ほらきた……と、ため息を吐いた。

　気になるのはわかるけど……先にこっちの質問に答えてもらおうか。

「そっちこそ、何ちゃっかりキスしようとしてたの？」

　俺の言葉に、やよはあからさまに動揺している。

「し、してないっ……！」

　顔を真っ赤にして、あたふたしているやよをじーっと疑いの目で見つめる。

　俺が起きてなかったら、絶対してたじゃん……。

「ていうか、なんであんな空気になってたの？　やよ、泣いてなかった？」

　気のせいかもしれないけど、やよの目が赤くなっていた

ように見えたんだ。

　多分俺の見間違いだと思っていたけど、そうじゃなかったらしい。

「な、泣いてないって！」

　図星をつかれたみたいに、ごまかすように首を左右に振ったやよ。

　ほんとに泣いてたのか……？

「ちょ、ちょっと話してただけ！」

　話してたって……まあ、いっか。

　この誤魔化しかたはきっと、俺に話したくないんだろう。

　やよと俺に隠し事はなしだけど、こういう時はちゃんと空気を読んであげる気遣いも必要。

「それより、体調はもう平気なの？　なんかしてほしいこととかない？」

　やよの言葉に、こくりと頷いた。

「平気。朝よりもずっとましだし、明日になったら治ってるよきっと」

「そ……ならよかった」

　本当に安心した様子で安堵の息を吐いたやよに、「心配しすぎ」と言おうとしてやめた。

　……由姫の言葉が、脳裏によぎったから。

『さっきね、弥生くんも似たようなこと言ってたんだよ』

　……そう言えば……。

　もしかして、俺の話をしてた……？

　やよ、俺のことでなんか、悩んでたのかな……。

　双子だからか、やよの考えていることは大体わかる。

　今何食べたいとか、あ、ムカついてるなとか。感情は読めるけど……それでも、だからと言って全部が全部わかりあっているわけじゃない。

　お互いに知られたくない感情もあるかもしれないし、俺がやよに負い目を感じることがあるように……やよも、同じなのかな。

「俺さ……」

　今日は熱のせいで、ちょっと羞恥心（しゅうちしん）とかが薄れてるから、今のうちに、言っておこう。

「やよのこと、迷惑なんて思ってないし、むしろいつも助けられてばっかりだなって思ってるから」

　きっとやよは俺の気持ちを全部わかっていると思うけど、それに甘んじて俺たちはお互いに思いを伝えることが少ない。

　だから……たまには言葉にして言っておかなきゃ。

「やよがいたから今の俺があるし……うん」

　……やっぱり恥ずかしいな。

　改めていうとむず痒くて、最後はごまかすように頷いた。

　やよは、俺を見て驚いたように目を見開いている。

　そして、その目がキラキラと輝きだした。

「かよ……！」

　うわっ……！

　飛びついてきたやよを、力無い腕で受け止める。

　痛い……。

　当たり前だけど、由姫とは大違いだった。硬いし重いし、俺と同じ匂い。

　でも、不思議と笑みがこぼれた。

「俺も！　俺たちはふたりでひとつだもんな！」

「ふふっ、そうだよ」

　俺たちは、ずっと一緒だ。

「今日も、ありがと」

「へへっ、礼なら由姫に言って。ほとんど由姫がやってくれたし、俺はパニクってるだけだったから」

　なぜか得意げに笑っているやよに、安心した。

　いつものやよだ……。

　お互いの顔を見て笑いあった後、やよがゆっくりと口を開いた。

「俺さ、さっき思ったんだ。やっぱ俺らの目標って……」

　続きの言葉が、手に取るようにわかった。

「打倒西園寺だって？」

　代わりにそう言った俺に、やよがにやりと口角の端を上げる。

「さすがかよ。俺のことなんでもわかってるな」

「当たり前だよ」

　俺だって、考えは同じだから。

　俺、由姫に好きになってもらうためなら、なんだって頑張るから……。

　──今度は恋人として、抱きしめさせてね。

　心の中で、そっと呟いた。

# もしもの話。

【side春季】

「風紀の報告、たまには一緒に行こうよ」

　風紀室……もとい第２アジトでだらけていると、冬夜から声をかけられた。

「……めんどくせ」

　……つーか、風紀の仕事とかしてたのか？

　名ばかりだと思っていたし、実際俺たちは風紀を乱す側だっただろうから。

「そう言わないで。由姫に振り向いてもらえるように、頑張るんでしょ？」

　こいつは優しそうに見えて、存外卑怯な奴だ。

　そう言われて、俺が断れなくなるのをわかってる。

「お前だってライバルのくせに、そんなこと言っていいのか？」

「うん。春季が更生してくれたら、由姫も喜ぶ。由姫が嬉しいなら、俺も幸せ」

　笑顔でそんなことを言う春季に、寒気がした。

「偽善者ぶってんなよ」

　本当に、気持ち悪い奴だ……。

「偽善者でもいいよ」

　こいつの表情から、本心だと言うことはわかった。

　なおさら気持ちわりーなと思いながらも、報告とやらについていくため立ち上がる。

　冬夜は満足げに微笑んで、俺の前を歩いた。


　冬夜の後ろをついていくように、廊下を歩く。

　今日はやけに天気が良い。明るいのが苦手な俺は、うざったいほど眩しく輝いている太陽の光に目を細めた。

　目を伏せるように視線を移した時、ぴたりと足が止まった。

「あ……」

　由姫……と、西園寺……。

　冬夜もふたりに気づいたのか、動けなくなったように立ち止まった。

　俺たちの視界に映る由姫は……西園寺に一生懸命何か話していて、西園寺もそれを楽しそうに聞いている。

　会話は聞こえないが、ふたりの間に流れる空気は十分すぎるほど伝わってきた。

　誰にも立ち入れないような、ふたりだけの空間が流れていた。

　由姫が、幸せそうに笑ったのが目に入った途端、俺は思わず視線を逸らした。

　――これ以上、見ていられなかった。

　死ぬんじゃないかと本気で心配になるほど胸が痛くて、痛みを堪えるようにぎゅっと握る。

「ほら、行こう」

　振り返った冬夜が、何を考えているのかわからない笑顔でそう言ってきた。

　俺は何も言わず、ただ歩くのを再開する。

「お前はなんとも思わねーのか？」

　スタスタと歩く背中にそう投げかければ、冬夜はふっと自嘲が混じったような笑みをこぼした。

「……偽善者でも、ああいうのは結構堪えるかな。いいなーって」

「……」

「でも、由姫が笑ってるのを見ると安心するのもほんと」

　……なんだそれ。

「根っからの偽善者だな」

　バカにするようにそう言って、鼻で笑ってやった。

　……俺は死んでも、そんなふうには思えない。

　由姫の笑顔は好きだ。ずっと見ていたい。

　でも……その笑顔が俺以外に向けられるのは耐えられない……。

　由姫を幸せにするのは、いつだって俺がいい。……俺だった、はずだ。

　……自業自得なことだって、痛いほどわかってる。


　その日はそれ以降、どう過ごしたのかよく覚えてない。

　寮の自分の部屋に戻って、風呂に入ってベッドに倒れるように横になった。

　脳裏に浮かぶのは、さっき見た由姫と西園寺の姿。

　どけよ……そこは、俺の場所だ。

　なんて、俺が言える権利も立場もない。……自分で手放したから。

　もう何回後悔したか数えきれない。

　不毛とわかっていても、毎晩ベッドの上で目を閉じると、あの日の光景が鮮明に蘇った。

　俺が……"サラ"に気づけなかった、あの日。

　いちからやり直せたら……と、今更遅すぎる後悔を、いつまでも引きずっていた。

　過去は変えられない分今から頑張ればいいと努力しても、ああしていざふたりの姿を見るとどうしようもなく後悔の念に襲われた。

　目を瞑って、今日もまた想像する。

　もしあの日に、戻れるなら――。


　……ん？

　急に情景が変わった。……俺、今まで何してた？

　風紀室の前で立ち尽くしていた自分に驚く。

「うぜーって。女だから殴られないとでも思ってる？　俺、そういうの見境ないからな」

　中から、夏目の声が聞こえた。

「もしかして相手してほしい感じ？　でも無理。ブスは抱けないから」

　次いで、秋人の声も聞こえてくる。

　なんだこれ……どういう状況だよ。

　ひとまず状況を把握するためにも中に入ろうと、扉を押した。

「あっ……」

　視界に映ったのは……俺を見て、驚いているメガネの女。

　──俺は、この光景を知っていた。

　由姫が……風紀の教室に、きた日か……？

　……どういうことだよ、マジで……。

　まさか……あの日に、戻れたのか？

　そんなことが……あるのか？

　状況を理解した途端、俺は歓喜（かんき）に震えた。

　助けを求めるような、期待に満ちたような表情で俺を見ている……変装した状態の由姫。

　ああ……こんな顔で、俺を見ていたのか。

　本来、俺はここで由姫にひどい言葉を投げたことを思い出した。

　もう……間違えたりしない。

「……サラ」

　俺は、そう名前を呼んだ。

　由姫は──嬉しそうに、表情を明るくさせた。

「……は？」

　中にいた夏目と秋人が、同時に声をあげた。

　冬夜もいるが、完全に傍観者（ぼうかん）となっていた。

「ねえ、こんなブスがサラのわけないじゃん」

「目腐ったか？　大丈夫かよ春季」

　バカにしたように笑う秋人と夏目を無視し、俺は由姫に

手を伸ばす。

　あの日は伸ばしてあげられなかった、手を……。

「春ちゃんっ……」

　由姫は、迷うことなく俺に飛びついてきた。

　華奢な体を受け止め、言葉にできないほどの満足感で
いっぱいになった。

　俺は……やり直せたのか。

　何度も後悔した日を。今度は、間違わなかった……っ。

　ぎゅっと、由姫を抱きしめ返す。

「え？」

「は？」

　夏目と秋人も、声と呼び方で流石に気づいたのか、戸惑
いの声をこぼした。

「待って……ほんとに、サラなの？」

「う、嘘でしょ……」

　由姫が、もぞもぞと俺の腕から逃れるように身をよじる。

　名残惜しくも体を離すと、俺を見ながら嬉しそうに微笑
む由姫。

「春ちゃんなら気付いてくれるって信じてたっ……」

　……うん。

　一度気づいてあげられなかった過去をなかったことにし
て、笑顔を返す。

「……当たり前でしょ。会いたかったよ、サラ」

　ずっと、何回もやり直したいって願ってたよ。

「私もっ……！」

「この格好は何？」

「えへっ……お父さんにね、これをしなさいって言われたの」

　うん、知ってる。

　取り返しがつかなくなってから……由姫が教えてくれたから。

　ウイッグをとった由姫を見て、他の３人はいよいよ理解したのか言葉を失っている。

「……ほんとに、サラだ」

　俺はあたかも何も知らない様子を演じながら、驚いたフリでそう言った。

「びっくりした……？」

「うん。手が震えてる」

　やり直せたことが、嬉しくてだけど……。

「さ、サラ、なんでここに……!?」

「ここの、生徒だったの……？　い、いや、編入してきた子って……」

　夏目と秋人が、ひどく動揺した様子で由姫に詰め寄ってきた。

　由姫は、さっきの言葉がショックだったのかふたりを見て悲しそうに眉の端を下げた。

「うん……。でも、ふたりともどうしちゃったの……？」

　由姫をこんな顔にさせてしまった罪悪感からか、顔を真っ青にしているふたり。

「お、俺たち、よく騙されたりするから知らない相手には

きつくあたるようにしてるんだよ……！」

「そ、そうそう！　どこに敵が潜んでるかわからないから
ね……！」

　適当な言い訳をほざいているふたりに笑いそうになった
けど、揚げ足は取らないでおいてやった。

　こいつらの本性をばらして、俺の秘密までバラされたら
面倒だ。

　この時の俺はまだ、女遊びをしていたわけで……。もう、
絶対にしないけど。

「そうだったの……？　でも、さすがにブスはひどいよ……」

「ほんとにごめん……！」

「も、もう冗談でもこんな汚い言葉は吐かないって約束す
る……!!」

　頭を下げた夏目と秋人に、由姫はふわりと微笑んだ。

「うん、絶対だよ……？　他の女の子にも、ちゃんと優し
くしてね……？」

　許してしまうのが由姫らしい。ふたりの嘘を信じている
のかもしれないが……由姫のお人好し具合は心配になるほ
どだ。

　ふたりは無事にごまかせてほっとしたのか、安堵の息を
吐いた。

　由姫が、改まった様子で俺たちに向き合う。

「ふふっ、みんなほんとに久しぶりっ……」

　嬉しそうに笑う由姫の姿に、俺はただ頷いた。

「サラ……」

　ずっと黙っていた冬夜が、消え入りそうな声でその名前を呼ぶ。

「ふゆくん……！」

「どうして……」

　言葉にならないのか、夏目や秋人以上に取り乱していた。

「みんなと一緒に学園生活を送りたくて、編入してきたの！」

　笑顔でそう言った由姫に、まだ状況が飲み込めていないのか、全員言葉が出ないようだ。

「急にいなくなったから、心配したんだよ……」

　恐る恐る口を開いた冬夜は、柄にもなく泣きそうな顔をしていた。

　由姫が帰ってきたことが、よっぽど嬉しいんだろう。

「ごめんね……でも、春ちゃんにみんなに伝えておいてって、頼んだはずなんだけど……」

　……え？

　もちろん、由姫の言葉に聞き覚えはあった。

　由姫が引っ越す前、ふたりで話した時に……fatalの奴らに伝えておくことと、連絡先を教えるように言われていたから。

「……春季……」

　俺が意図的に隠していたのがわかったのか、3人から鋭い視線が集まった。

　別に、こいつらにキレられても恨まれてもいいけど。

「サラ、ふたりきりで話したい。……ダメ？」

　とにかく由姫と話をしたくて、じっと見つめる。

　由姫が断れないように、あざとさを出すのも忘れない。

「うん！　話そう！」

　あっさりとオッケーが出て、俺はよし……と小さく拳を握った。

「ちょっ……！　俺たちだって話したいこと山ほどあんのに……！」

「お前らはちょっとの間反省しとけ」

　異議を唱えてきた夏目にそう言えば、反論できないのか悔しそうに歯を食いしばっていた。

「お前だって……」

　俺の秘密を漏らそうとした夏目を睨みつけて、黙らせる。

　俺はもう、ヘマはしない。

　せっかくやり直せたんだ……もう、後悔はしたくない。

　いずれバレるとしても、女遊びをしていたことは後でちゃんと謝ろう。

　土下座してでも許してもらって、やり直させてもらう。

「サラ、後で俺とも話そうね」

　冬夜の言葉に笑顔で頷いた由姫の手を引いて、外に出た。

　中庭というよりも裏庭と呼ばれている人影のない場所に来て、ベンチに座る。

「春ちゃんっ……」

　俺の隣に座った由姫が、嬉しそうに抱きついてきた。

「気づいてくれて、嬉しいっ……」

　……うん。

　前は……気づかなくてごめん。

「春ちゃん、昔言ってくれたでしょ？」

「え？」

「"サラ"がどこにいたって、俺が見つけてやるから、って！」

　そういえば……。由姫が引っ越す直前に、言ったことを思い出した。

　今思えば、俺はこんな偉そうなことを言っておいて、由姫に気づいてやれなかったのかと虚しくなった。

「信じてたっ……」

　こみ上げた罪悪感に蓋をして、抱きしめ返す。

「……当たり前だよ」

　ごめんね……もう絶対に、由姫のことを見逃したりしないから。

「これからは、ずっと一緒にいれる……？」

　俺の言葉に、由姫がこくりと頷く。

「もちろんっ……！　そのためにこの学園に入学したんだよ！　……寂しい思いばっかりさせてごめんね……」

「ううん。俺のために来てくれたんでしょ？　嬉しい……」

　ぎゅっと、抱きしめる腕に力を込める。

「もう、離れていかないで……」

　それは、俺の切実な願いだった。

　ずっと俺のそばにいて。俺だけのそばに……。

「うん……約束する」

　由姫から返事をもらえたことが嬉しくて、柄にもなく涙が溢れそうになった。

やばい……今俺、とてつもなく幸せだな……。

「たくさん寂しい思いさせちゃった分、これからはたくさん春ちゃんのこと甘やかしてあげる」

「……うん、甘やかして」

「ふふっ、よしよし」

　うわ……。由姫に頭撫でられんの、久しぶり……。

　甘えるとかかっこ悪い気もするけど、由姫といたら甘えたくなってしまう。

「今日はもう離れたくない……ねえ、このまま俺の部屋行こう？　サラと話したいこと、いっぱいある」

「うん、いいよっ」

　警戒心のない無邪気な笑みに心配になるけど、下心なんてなく、本当にただ一緒にいたい。

　由姫がいてくれるだけで、俺は……。

「ちょっと待ちやがれ……!!」

　どこに隠れていたのか、いきなり現れた夏目。

「独り占め禁止……！　ずっと会いたかったのは俺たちも一緒だから……！」

　後ろから、冬夜と秋人も現れた。

　ちっ……邪魔しやがって……。

「ごめんね、覗き見なんて……」

「サラ、春季とだけじゃなく俺たちとも話そうっ……」

　由姫は慌ただしい3人を見ながら、楽しそうに笑った。

「ふふっ、話したいこと、いっぱいあるよね」

「ほんとだよ……！　サラ、今までどこにいたの……!?」

「なっちゃん、お、落ち着いて……！」

「ご、ごめんっ……」

「ふふっ、九州だよ！　お父さんの仕事の都合で、急に引っ越すことになって」

　当時を思い出すように、悲しげな表情をした由姫。

　3人とも、「そうだったんだ……」と納得したように由姫を見つめていた。

「というか、春ちゃんから聞いてないかな……？　連絡先も、みんなに伝えておいてってお願いしたんだけど……」

　3人の視線が、俺に集まった。

「ごめんサラ、忘れてた……」

「そっか！　忘れてたなら仕方ないよっ」

　……由姫が人を疑わない人間でよかった……。

「てめー……」

「後で覚えてなよ春季……」

「サラが元気そうで、よかった……」

　三者三様の反応をしている夏目たちを見て、由姫が突然真剣な表情になる。

「あのね、みんな」

　いったい何を言うんだろうとごくりと息を飲んだ俺の耳に届いたのは……。

「私の本当の名前は、白咲由姫っていうの」

　由姫の、かわいらしい自己紹介だった。

「これからは……由姫として、みんなと仲良くしたいなって……」

恥ずかしそうに笑う由姫に、見入ってしまう。

こんなにもかわいい子が俺の恋人であるという事実を思い出し、嬉しすぎて舞い上がりたくなった。

「うん……！　由姫……！」

「すごくかわいい名前だね」

夏目と秋人の言葉に、由姫は「ありがとう」と答えた。

「まさか噂の編入生が由姫だったなんて……これからもその変装して通うの？」

冬夜の質問に、こくりと頷いた由姫。

「うん、そのつもり。お父さんからの条件だったし、それに……さ、詐欺罪で訴えられたくないからっ……」

詐欺罪……？

なんのことだ……？

首を傾げた俺を見て、由姫はいたって真剣な表情で訴えてきた。

「この学園、サラに謎の幻想を持った人がいっぱいいるみたいなのっ……」

……なるほど。なんとなく状況はわかった。

由姫は鈍感だから、多分ぶっ飛んだ勘違いをしているんだろう。

「サラ、鈍感だもんね」

他の奴らも察したのか、秋人が笑いをこらえている。

「なんていうか、俺の知ってるサラのままで安心した……」

冬夜も、ふふっとこらえきれなかったのか笑っている。

「もう……！　みんな、私の名前は由姫だよ！」

　こんな賑やかな時間は久しぶりだと、自然と口元が緩む。

　やっぱり、fatalには由姫が必要だ……。

「由姫、俺の部屋行こう」

　こいつらももう十分話せただろうと、由姫の手をとって立ち上がる。

　これ以上は邪魔されたくない。

「うんっ」

「おい、お前何する気だよ……‼」

　邪なことでも考えているのか、夏目が顔を真っ赤にして叫んだ。

「お前らの頭と一緒にすんな」

　呆れてそう言えば、冬夜が苦笑いを浮かべた。

「まあまあ、悔しいけど……今日のところは譲ろうよ。俺たち、見破れなかったわけだしね」

　……こいつはいつも、理解が早くて助かる。

「くそっ……」

「ちっ……」

　夏目も秋人も納得いかなさそうに舌打ちを打っているけど、これ以上文句を言う気はないみたいだった。

「さ……じゃなくて、由姫！　また明日にゆっくり話そうね……‼」

「うん！　また明日！」

　俺は由姫の手を握って、寮へ向かう。

　ようやくふたりきりになれる喜びに、足取りは随分と軽かった。

「ここが、春ちゃんの部屋？」

「そうだよ」

　俺の部屋に入った由姫が、「わ～！」と楽しそうに家の中を見回っている。

　無邪気な由姫の姿に、見ているだけで愛おしさがこみ上げてきた。

「ふふっ、春ちゃんっぽい。かっこいいね」

「ほんと？」

　俺っぽいがどういうのかわからないけど……気にいってもらえたならよかった。

「由姫、こっち来て」

　ソファに座って、由姫を手招く。

　素直にてくてくと歩いてきた由姫が、俺の目の前で足を止めた。

　俺は由姫をくるりと一回転させ、自分の膝に座らせる。

「はぁ……」

　由姫を感じたくて、首筋に顔を埋めた。

「夢見たい……」

「えへへ、夢じゃないよ」

　くすぐったそうに身をよじる由姫は、またよしよしと俺の頭を撫でてくれる。

　気持ちよくて、目を瞑った。

「あのさ、由姫……俺のために来てくれたの？」

「それもあるけど……」

　由姫が、にっこりと天使のような微笑みを浮かべる。

「私が、春ちゃんの近くに行きたかったの」

　……っ。

「かわいい……」

　たまらず、後ろからぎゅうっと力を入れて抱きしめた。

「ねえ由姫、こっち向いて」

　俺は由姫の体の向きを変えて、向き合う体勢にさせた。

「キス……してもいい？」

　そう聞けば、由姫は一瞬驚いた様子で目を見開きながら、ゆっくりと頷いた。

　覚悟したように目を瞑った由姫の頬は少し赤くなっていて、かわいくてかわいくてたまらない。

「大好きだよ……」

　そう囁いて、由姫の小さな唇に自分のものを寄せた。

　俺は今、世界で一番の幸せものだと言っても過言ではないだろう。

　本当に、こんな都合のいいことが起こっていいんだろうか。

　唇が触れる直前、そう思った。

　もしかしたらこれは、俺の都合のいい夢なんじゃ……。

　──夢？


　ハッと、"目が覚めた"。

「……っ」

　勢いよく起き上がり、あたりを見渡す。

　場所は、俺の部屋。目覚める前と同じ。

でも……由姫の姿が、見当たらなかった。

……くそっ……。

なんだよ、夢って……。

最高の夢だったはずなのに、目覚めは最悪だった。

満悦至極を味わった分、これが夢だと知った後の絶望は凄まじかった。

ガシガシと頭をかいて、もう一度ベッドに沈む。

そうだよな……戻れるわけなんか、ないのに。

でも……夢なら夢で、あのままでよかったのに。目覚めなくて、よかった……。

もしかしたら由姫は、今頃西園寺と一緒にいるかもしれない。

俺がさっきしたようなことを、西園寺と……そこまで考えて、やめた。

嫉妬で、頭がおかしくなりそうだったから。

リアルすぎる、夢だった……。

俺があの夢の通りにしていたなら……今も、俺の隣には由姫がいてくれたんだろうか。

俺は結局、後悔を繰り返すことしかできない。

目を瞑って、もう一度夢の続きを見させてくれと願った。

明日からまた前を向いて、由姫に好かれる俺になるよう頑張るから、今日だけは……。

あの日を、もう一度だけやり直せる夢を——。

## 氷高家

　学校で、休み時間を過ごしている時だった。

　弥生くんと華生くん、海くんが飲み物を買いに行っていて、拓ちゃんとふたり。

「ねえ、拓ちゃん！　これ見て！　かわいいでしょ？」

　この前お母さんがくれたあざらしのキーホルダーを見せると、「うん、かわいいな」と笑顔が返ってきた。

　ふふっ、お気に入りだから、いつも持ち歩けるように鍵につけている。

　たわいもない会話をしていると、机の上に置かれていた拓ちゃんのスマホが光った。

　ブーっと震えているから、きっと電話だと思う。

「拓ちゃん、電話来てるよ？」

「ん？　……あー、出なくていいんだよ」

　出なくてもいいの……？

　誰からの電話かはわかっているそうで、だるそうに答える拓ちゃん。

　でも、ずっと鳴ってるし……大丈夫なのかな？

「誰からの電話？」

　私の質問に、拓ちゃんは嫌そうな顔をしながら答えた。

「……母親」

　母親……って、え!!

「拓ちゃんママから……！」

　拓ちゃんのお母さんと私には、面識があった。

　空手を習っていた時、いつも拓ちゃんの送り迎えをしていた拓ちゃんママ。

　家におじゃましたこともあるし、私もなんども送ってもらったことがある。

　帰りにアイスを買ってもらったり……拓ちゃんママには、たくさんかわいがってもらった。

　元気で優しくて、大好きだった。

「どうして出ないの？」

　何か聞きたいことでもあるんじゃないのかな……？

　前から拓ちゃんは、よく拓ちゃんママと喧嘩していたし、万年反抗期みたいなところがあったことは知っているけど……。

　拓ちゃんママも強い人だから、負けじと言い返していた。

「うるさいんだよ……ちゃんと飯食ってるかとかサボってねーかとか……」

　鬱陶しそうな顔でそう言う拓ちゃんに、少しだけ悲しくなった。

　でも……。

「出てあげなよ……！　きっと心配なんだよ……！」

　寮生活だし、気になるんじゃないのかな……。

　私も家族とはいつも連絡を取っているし、毎日欠かさずおやすみメッセージは送っている。

　両親にかわいがってもらっていることも、心配をかけていることもわかっているから。

　きっと、親はいつだって子供が心配で……だからこそ、ちょっと拓ちゃんママがかわいそうになった。

　じっと拓ちゃんを見つめると、困ったように頭をかいた拓ちゃん。

「……わかったよ。由姫が言うなら……」

　そう言ってスマホに手を伸ばした拓ちゃんの姿に、ほっとした。

　よかったよかったっ……。

　やっぱり、親子のコミュニケーションは必要だよ……！

　嫌々といった様子ではあるけれど、スマホを耳に当てた拓ちゃん。

　はっきりとは聞こえないけど、懐かしい声がスマホから漏れていた。

　拓ちゃんママの声だ……！

「……あ？　……っせーな……だから嫌なんだよ……」

　めんどくさそうにため息を吐いている拓ちゃんを、つんつんと突く。

「拓ちゃん、ちゃんと話してあげなよ……！」

　拓ちゃんママがかわいそう……。

「わ、わかったから」

　困ったようにそう言って、私の頭を撫でてきた。

「え……って、あ？　……あー、うん、そうだけど……」

　……ん？

「は？　なんでだよ……ちっ……」

　急に声を荒げ、舌打ちをした拓ちゃん。

　どうしたんだろう……？

　首を傾げて見守っていると、拓ちゃんが突然スマホを耳から離した。

　そして、それを私に差し出してくる。

「由姫、母親が由姫と話したいって……」

　え……！　拓ちゃんママが……！

「是非！」

　私はすぐに拓ちゃんのスマホを受け取って、電話に出た。

「も、もしもし、由姫です！」

《きゃー！　由姫ちゃん!?　本物!?》

　わっ……！　やっぱり拓ちゃんママだ……！

　少しも変わっていない明るい声色に、嬉しくなった。

「はい！　本物です……！　拓ちゃんママお久しぶりです……！」

《久しぶり……！　もー、敬語なんていらないのよぉ〜！由姫ちゃんと再会してたなんて知らなかったわぁ……！この バカ息子、何も教えてくれないのよ〜！》

　嬉しそうな拓ちゃんママに、私も笑みがこぼれた。

「この前編入してきたんです！」

《そうだったの〜！　由姫ちゃん、今度おうちにおいで！久しぶりに会いたいわ〜！》

「はい！　是非……！」

　私も、拓ちゃんママに会いたいなぁ……！

　拓ちゃんママはすっごく美人で、いわゆる美魔女。

　きっと今も綺麗なんだろうなぁと想像がつく。

《拓真にもたまには帰って来いって言ってるから、よかったら一緒に来てねぇ〜！　由姫ちゃんが近くにいてくれるなら、ほんと安心だわ〜！》

「えへへ、私のほうこそいつも拓ちゃんにはお世話になりっぱなしで……」

《ふふっ、拓真ったら昔っから由姫ちゃんのこと大好きだからね〜！　ほんとに週末来てね！　お菓子用意して待ってるから……！》

　え……？　こ、今週末……？

　ありがたいけど、突然の提案に即答するのは留まった。

　拓ちゃんとは言え、蓮さんに聞いてみなきゃっ……！

「あっ、一度確認を……」

《それじゃあまたね!!　会えるの楽しみにしてるわぁ〜！》

　ぷつっと、小さな音を立てて切れた電話。

「き、切れちゃった……」

　スマホを拓ちゃんに返すと、呆れたようにため息を吐いていた。

「悪いな、うるさい母親で……」

「そんなことないよ！　拓ちゃんママにはたくさんお世話になったもん、大好きだよっ」

　でも……ど、どうしよう。

「あの、週末拓ちゃんと一緒に家においでって言われたんだけど……」

　私の言葉に、拓ちゃんは目をぎょっと見開いた。

「……っ、あのバカ女……」

　ば、バカ女って……ダメだよお母さんのことそんなふう
に言っちゃ……！

　とりあえず、確認しなきゃ……。

「一度蓮さんに聞いてみてもいい？　私も拓ちゃんママに
は挨拶<sub>あいさつ</sub>させてもらいたいし……」

　行きたい気持ちは山々だし……引っ越す時もまともに挨
拶ができなかったから、心残りがあった。

　きっと心配もかけただろうし……蓮さんに頼んでみよ
うっ！


【side拓真】


　今日は、久しぶりに実家に帰省する。明日は月曜で普通
に授業があるから、日帰りだけど。

　俺の家は学園からそう遠くない場所にあるから、片道
30分くらいで行ける距離だ。

　ただ、面倒だから用がないかぎりは滅多に帰らない。

　月に一回は顔を見せろと言う親を無視してきたし、今回
も帰るつもりはなかったけど……状況が変わった。

　昔から由姫のことをたいそう気に入っていた母親が由姫
を連れて来いといい、由姫も同意してくれたから。

　由姫がいるなら、まあ帰ってもいいか……と、軽率に帰
省を決めて今に至る。

　今日は朝からふたりで集まって、俺の家に行く予定だっ

た。

　……が、なんだこの状況は。

「……なんでてめーがいんだよ」

　向かい合う席に座っている西園寺を、キッと睨みつけた。

　ちなみに、西園寺の隣に由姫が座っている。

　今の状況を説明すると、俺と由姫は西園寺の家のものらしき車に乗せられていた。

　由姫に指定された待ち合わせ場所に言ったら見たこともないリムジンカーが停まっていて、由姫に引っ張られるまま乗ったら中に西園寺がいたってわけだ。

「……」

　俺の睨みなんてどうでもいいみたいに、のんきにあくびをしている西園寺。

　隣にいた由姫が、代わりに口を開いた。

「えっと、送り迎えを蓮さんがしてくれるってことで、拓ちゃんのお家に行くオッケーが出たの……！」

　……なんだそれ……。

「……ちっ。束縛激しすぎだろ……余裕ねーのかよ」

　煽るようにそう言って、西園寺の反応を窺う。

「……」

　クソ……またシカトかこいつ。

　相手にされていないような態度に、苛立って仕方がなかった。

　今日は、由姫とふたりで過ごせると思ってたのに……。

　まあ、家までは上がってこねーだろうし、これ以上文句

　を言えば由姫が悲しむ可能性が高いから我慢してやる。


　　俺の家について、由姫と車を降りる。
　　西園寺は窓を開けて、由姫に声をかけた。
「終わったら連絡しろよ。すぐ迎えに来るから」
「はい……！　ありがとうございます！」
「じゃあな、気をつけろよ」
　　……何に気いつけるんだよ。
　　イラっとしたが、ここでまた文句を言うのは小物感が際
立つと思い、ぐっと堪えた。
　　西園寺を乗せた車が発進して、やっと邪魔ものが消えた
と安心する。
　　家に入ったら、うるさいやつがいるけど……西園寺より
はマシだ。
「行こ、由姫」
　　俺は由姫の背中を叩いて、そう言った。


　　鍵は開いていたから、勝手に入った。
「お、おじゃまします……！」
　　由姫の声と扉が開く音が聞こえたのか、リビングからド
シドシとこちらに向かってくる足音が聞こえる。
　　ガチャっと、リビングと廊下を隔てる扉が開いて現れた
人物に、ため息がこぼれた。
　　はぁ……うるさくなる……。
「おかえり〜！」

　甲高い声で叫び、迫ってくる母親。

「きゃー!!　由姫ちゃ～ん!!」

　由姫を見て、嬉しそうに抱きついた。

「拓ちゃんママ～!!」

　由姫も、嬉しそうに抱きしめ返している。

　……母親のテンションに合わせてくれる由姫には、感謝しかない。

　俺はすでにこのハイテンションについていけず、置いていかれていた。

「お久しぶりですっ……!」

「きゃ～!　すっかり美人になってぇ～!　もーう、かわいい!」

「えへへっ……拓ちゃんママも相変わらず美人すぎてびっくりです……!」

「もう!　この子は口がお上手なんだから～!」

　本当だ。このババアが美人なんて、世辞上手にもほどがある。

　女同士、会話に花を咲かせていた。

「私、拓ちゃんママにまともに挨拶もできずに引越して、ごめんなさい……」

「いいのよ～!　由姫ちゃんママから聞いてたし、そんなこと気にしないで～!」

　由姫の言う通り、そんなこと誰も気にしてない。

　由姫自身も突然両親から引越しを告げられたこともわかっている。

「でも、由姫ちゃんがいなくなった後は拓真が抜け殻みたいになっちゃってねぇ〜」

　……っ。

　唐突に余計なことを言い出した母親を、睨みつける。

「……っ、テキトーなこと言ってんじゃねーぞババア!!」

　事実だが、由姫には知られたくなかった。

　由姫がいなくなった後は情けないくらい何も手につかなかったし、自分でも弱っていた自覚があるから。

「だーれがババアですって!?」

　対抗するように鼻を鳴らす母親に、俺も舌打ちをした。

　俺たちの間を取り持つように、由姫が肩を叩いてくる。

「ふ、ふたりとも久しぶりの再会を喜ぼうっ……！」

　……ち。

　由姫に免じて許してやるかと、視線を逸らした。

「ふふっ、そうねぇ！　由姫ちゃんも連れてきてくれたことだし〜」

　母親も今日は気分がいいのか、すぐに笑顔が戻った。

「さ、どうぞ入って入って！　お菓子もたくさん用意してるわよ〜」

「わーい……!!」

　お菓子と聞いて、嬉しそうにしている由姫。

　その姿に、口元が緩んだ。

　今日は邪魔者がいないから……思う存分、由姫との時間を楽しもう。

　リビングに移動して、3人でテーブルを囲む。

　母親、その目の前の席に由姫、その隣に俺、という席順。

　由姫と母親はたわいもない話で盛り上がっていて、楽しそうに話す由姫を見ているだけで癒された。

「拓真、学校でどんな感じ？　悪さしてない？」

「悪さ……？」

「前まではサボってばっかだって電話がよく来てたんだけど、そういえば最近はきてないわね……！」

　……こいつ……。

「サボってばっか……？」

　余計なことを言う母親に、由姫が首を傾げている。

「……っ、ざけんなババア……！」

　由姫の前では、ボロだせねーように気をつけてるっつーのに……身内がやらかしてんじゃねーよ……！

「ババアじゃないわよ!!」

「お、落ち着いて拓ちゃんママっ……。拓ちゃんがサボったことなんてないですよ……！　いつも真面目に授業受けてるし、成績もトップだって……！」

　ね？　と同意を求めてくる由姫がかわいくて、反応が遅れる。

「由姫には負けるけど」といえば、「そんなことないよ！」面目な顔で否定された。

　実際、俺は全部由姫に劣っているし、勝るものなんてひとつもない。

　でも、由姫が褒めてくれるのは純粋に嬉しいし、もっと

頑張らねーとと思わさせられる。

「あら、ほんとに……!?」

　母親は目を輝かせながら、「安心安心」とご機嫌そうに言った。

　成績がトップだったのも、由姫が来る前だし、今じゃ2番手だけど……由姫の次というのは悪くない位置だ。

　いや、男として負けてるのは情けないけど……。

　由姫の次という順位を誰かに譲るつもりはない。

「由姫ちゃんのおかげで更生したのかしら〜、ふふふ〜」

　こいつはさっきから余計なことしか言わねーな……。

　男だったら殴ってると思いながら、否定すんのもめんどくさくなって相手にしないことにした。

「それにしても、ほんとにかわいいわね〜！　お人形さんみたい……！」

「わ、私なんて全然……！」

　母親に褒められ、恥ずかしいのか照れている由姫。

「由姫ちゃんみたいになんでもできて礼儀もなってる女の子、そうそういないわよ〜！」

　……そこは否定しないし、完全に同意。

　だからこそ、俺はきっと一生諦められない。

　……諦めるつもりもないけどな。

「由姫ちゃんがお嫁にきてくれたら、あたしも安心なんだけどねぇ〜」

　爆弾発言に、飲んでいたコーヒーを吹き出しそうになった。

　……こいつ……っ、黙ってたら調子乗りやがって……。

「ふふっ、拓ちゃんママがお母さんだったら、とっても楽しそうです……！」

　絶対に言葉の真意を理解していない由姫が、嬉しそうにそう返事をしている。

「そういえば由姫ちゃん、恋バナとかないの？」

　……。

　こいつ、空気読めっつーの……。

「あっ……え、えっと……」

　顔を赤くさせて、もじもじしている由姫。

　かわいいけど、由姫をこんなふうにさせているのがあいつだと思うと、嫉妬で頭が痛くなりそうだった。

「こ、恋人ができましたっ……」

「……あらま」

　母親が、俺に哀れみの目を向けてきた。

　……やめろ、しばくぞ。

　そう視線で訴えると、察したのかすぐに話題を逸らした母親。

　俺は会話に花を咲かせているふたりの話を、ぼうっと聞いていた。


　女という生き物は、よくわからない会話で何時間も話せる生き物らしい。

　食べ物とかどこぞの店の話とか、俺のわからない話で永遠と盛り上がっていたふたり。

　由姫が終始楽しそうだったからいいが、どうしてそんなにも楽しそうに話しているのか、さっぱりわからなかった。
「あら、もうお菓子なくなっちゃったわね。持ってくるわ！」
「あ、私手伝います……！」
「いいのよいいのよ！　由姫ちゃんはゆっくりしてて〜！ 拓真、あんたが動きなさい！」
　めんどくさ……と思いながらも、立ち上がってキッチンへ向かう。
　皿を出そうと棚を開けた時、母親が背中を叩いてきた。
　……あぶねーな……。
　なんだよと視線で言えば、母親はにやりと口角をつり上げ、あまり見ない表情をしている。
「大丈夫よ、あんた顔はいいんだし、当たって当たって当たりまくりなさい!!」
　……なんだそれ。
　俺はため息を吐いて、皿を母親に渡した。
「……言われなくてもわかってる」
　お前のためじゃねーけど……将来、由姫を嫁として連れてきてやる。
「あら……！　言うようになったわね！」
「うるせー……」
「あんないい子、逃すんじゃないわよ……!!」
　満面の笑みを浮かべている母親に、俺はもう一度心の中で呟いた。
　だから、言われなくても、わかってるよ。

「座って待ってなさい。お母さんが用意するから、それまではふたりで話してなさいよ」

　ふふふっと笑いながら言ってくる母親に、「お前が手伝えって言ったんだろ……」と思いながら席に戻った。

　ご機嫌なのか、ニコニコしている由姫。

「楽しいか？」

「うん！　とっても……！」

「そっか。由姫が楽しいならいい」

　そう言えば、由姫が俺をじっと見てきた。

「ふふっ」

「ん？」

　なんだ……？

「ううん。拓ちゃんはいつも優しいなって思って！」

　由姫の言葉に、なんて答えるべきか悩む。

　さらっと流すべきか。……いや。

「そりゃあな……好きな女に対して、優しくない男なんかいないだろ？」

　母親がくれたせっかくの時間だ。

　ここは押していこうと、そんな台詞を選んだ。

「……っ」

　由姫の顔が、真っ赤に染まった。

　意外な反応に、俺のほうが驚いてしまう。

　……告白してからもいつも通りだったから、忘れられてんのかと思ってた。

　どうやら、ちゃんと覚えてくれているようで、俺の気持

ちもわかっているらしい。

　ひとまずただの幼なじみという認識からは脱却できたのかもしれないと、安心した。

「お待たせ〜！　って、あれ？　あたし邪魔だったかしら？」

　由姫の顔を見て何か察したのか、戻ってきた母親がキッチンに戻ろうとした。

「じゃ、邪魔じゃないです……！」

「そう？　ほんとに？」

「ほんとです……!!」

　慌てて由姫が母親を引き止めていて、その光景に笑みがこぼれる。

　実家帰んのなんかめんどくせーって思ってたけど……たまには、帰ってきてやるか。

　由姫も来てくれるなら、だけど。


「拓ちゃんママ、今日はありがとうございました……！」

　夕方になって、そろそろ帰る時間になった。

　玄関まで見送りにきた母親に、頭を下げた由姫。

「楽しかったわ〜！　またいつでも来てね！」

「はい！　おじゃましました……！」

「あんたも、真面目に頑張りなさいよ〜」

「うるせーぞババア」

「誰がババアですって……！　ほんと、口が悪い男は女から好かれないわよ〜」

　余計なお世話だよと思いながら、背を向ける。

「さよなら拓ちゃんママ！」

　ひらひらと手を振っている由姫と、家を出た。

「拓ちゃんママ、相変わらず美人さんだったねぇ……！」

　家を出て、開口一番そう言ってきた由姫。

　目を輝かせている由姫に、俺は首を傾げた。

「どこが……？」

　由姫、目おかしいのか……？

「自分のお母さんだからわからないのかな……？」

　俺の反応に困惑している由姫は、頭の上にいくつものはてなマークを並べていた。

「あっ……！」

　今度はどうした……？

　家の門の先を見ながら、声を上げた由姫。

　俺も視線を由姫からそっちへ移すと、そこには見覚えのある車が停まっていた。

　……ちっ。

「さっきそろそろ帰るって連絡したばっかりなのに、もう来てくれたみたい……！」

　西園寺が迎えに来ていて、由姫は笑顔で車に向かって走っていく。

　俺は引き止めようと手を伸ばしたけど、間に合わなかった。

　……ふたりきりの時間は、あっという間に終わった。

　母親がいた時点でふたりではなかったけど……また、由

姫があいつの元に戻ってしまう。

　車から降りてきた西園寺が、駆け寄ってきた由姫を受け止めた。

「蓮さん……！」

「楽しかったか？」

「はいっ……！」

「そうか」

　完全にふたりだけの空間を作っている由姫と西園寺。俺は完全に、蚊帳の外だ。

「帰るか？」

「はいっ！　……拓ちゃん？　どうしたの？」

「……ああ、悪い」

　すぐに俺もふたりのほうへ歩み寄って、車に乗る。

　行きしなもそうだったが、西園寺の車に乗せてもらうのは本意ではない。

　でも、由姫とふたりきりにさせるのはもっと嫌だ。

　行きと同じ席順で座り、車が発進する。

　由姫は疲れたのか、西園寺の肩にもたれて眠ってしまった。

「すぅー、すぅー……」

　かわいらしい寝息が聞こえて微笑ましい反面、西園寺に寄り添っているのが気に入らない。

　由姫の寝顔を見ながら別人かと思うほど柔らかい表情をしているのも、気色悪かった。

　じっと由姫を見ていると、西園寺の舌打ちが聞こえた。

「……見んな」

「……別にお前のもんじゃねーだろ」

「俺の女だ」

　……うぜぇ。

　今だけ……運良く恋人になれただけだ。

「……俺、いつかお前から由姫を奪うぞ」

　俺の言葉に、西園寺は何も言わず由姫を見つめていた。

　……無視かよ。

「由姫より強くなって、俺は……」

「由姫は強くねーよ」

　……は？

「お前らがどう思ってんのかは知らねーが、周りが思って
るほど強くない」

　西園寺の言葉に、心臓が嫌な音を立てた。

　……俺だけはわかってますってか？

　そう言ってやろうと思ったけど、体が動かない。

　西園寺のセリフに──ハッとさせられたから。

　そうだ。どうして俺は……由姫のことを強いと思い込ん
でいたんだろう。

　肉体的にも精神的にも、俺より強いから……？

　たった今気づいた。こいつが由姫に選ばれた理由。

　こいつが……。

「由姫は、俺が守る」

　──こいつだけが、由姫よりも強いからだ。

　由姫が肝心な時に俺を頼ってくれなかったのも、俺が由

姫より弱いから。

　由姫の"次でいい"なんて思っている俺が、由姫に好かれるわけがなかった。

　今更そんなことに気づいて、呆然としてしまう。

　そんな俺に追い打ちをかけるように、西園寺が言葉を続けた。

「由姫がお前を信頼してるのはわかってる。幼なじみっつー特別な関係なこともな。だから、お前と由姫を引き離すつもりはない。お前じゃなかったら、今日のことも許してない」

　由姫のためという信念を突き通しているこいつを前に、自分の情けなさが浮き彫りになる。

「お前も由姫が好きなら、由姫の信用を壊すようなことすんじゃねえぞ」

　何も言い返せない今の俺は、とんでもなくみっともない人間のような気がした。

「ん……あれ……」

　由姫が、眠そうに目を開いた。

「……っ！　わ、私、寝ちゃってましたっ……？」

「まだかかるから、寝てていいぞ」

　俺へ向けていたのとは別物のような声を出し、由姫を見つめる西園寺。

「す、すみませんっ……」

「ほら、無理すんな」

　まだ眠そうな由姫を気遣って、自分の肩に寄りかからせ

るように引き寄せた。

　由姫はまたうとうとしながら、眠りに落ちそうになっている。

　目の前でいちゃつかれた俺は、舌打ちを堪えるのが大変だった。

　……今は、負けを認めるしかない。

　でも……俺は死んでも諦めねーぞ。

「首洗って待ってろ……」

　そう呟いて、視線を窓の外に移す。

　夜でもない夕方でもないような中途半端な空が、今の俺を映しているみたいだった。

# 由姫独占ミッション

【side夏目】

「あー、頭痛い……」

　静かな風紀の教室に、双子の片割れの声が響いた。

　休日の風紀室には今、俺と双子、それと冬夜がいる。

　今日は特にすることはなかったから、春季と秋人はいなかった。

　えーっと……マスクつけてるほうだから、華生だっけな。

　最近、ようやくふたりの名前を覚えたところだ。

　まあ、名前でなんか呼ばないけど。生意気でかわいくねーし！

「大丈夫か？　まだ体調悪かったりする？」

「ううん、平気。だるいとかはないから。ただの偏頭痛。もう熱出るのはこりごりだよ……あ、でも、由姫がまた看病にきてくれるならいいかな……」

　聞こえてくる双子の会話に、くそどうでもいい……と思っていたが、ビクッと反応する。

　……今の、聞き間違いか？

　いや、確実に聞こえた。

「……"また"？」

　どういう意味だ？　まるで……一度看病されたことがあるみたいな言い方……。

　俺の言葉に、ふたりはちらっとこっちを見た後、すぐに目を逸らしてきた。

　会話を再開させたふたりに、「何無視してんだよ……」と苛立つ。

「おい、どういうことだよ。詳しく話せ‼」

「は？　なんで夏目さんに話さなきゃいけないんですか？」

「そうですよ、そんな義理ないです」

「お前らッ……」

　相変わらずクソ生意気だなおい……！

　こうなったら実力行使だと立ち上がった時、少し離れたところでパソコンをいじっていた冬夜が口を開いた。

「俺も気になるな……」

　……お？

「と、冬夜さん……！」

　冬夜が声を上げたことで、ふたりの顔色が変わった。

　こいつら、冬夜にだけはやけに懐いているから。……くそ、相手で顔色を変えんじゃねーよ！

　口に出せばきっとどの口で……と言われるのが目に見えているため、言葉には出さずに飲み込む。

「別に秘密にしてるわけじゃないし、海にも自慢してやったしいいんじゃない？」

「そうだね」

　冬夜を見て、口を開いた片割れ。

「実はこの前俺が熱出した時、由姫が看病しにきてくれたんですよ」

　……っ。

　マジだったのかよっ……！

　看病してもらったとか、なんだそれ……羨ましすぎんだろ……っ。

　冬夜も、驚いたように目を見開いている。

「そうなの？　それ、西園寺は大丈夫だった……？」

「一応後から報告したとは言ってましたけど……その時は俺が看病とかわからなくて焦って電話かけて、すぐにきてってお願いしたので……西園寺に言わずにきてくれたみたいです」

　確か弥生のほうが、自慢するように話す。

　思わず、ちっと舌打ちがこぼれた。

「お前ら、由姫に変なことしてないだろうな……!!」

　こいつらごとき、由姫なら何かあっても倒せると思うけど……それにしても危ないだろ……！

　男ふたりの部屋に行くとか、危機感なさすぎだし……今度言っておかねーと……！

「してませんよ。夏目さんじゃあるまいし」

　まるでケダモノを見るような目で俺を見ているふたりに、低い声が漏れる。

「ああ⁉　昔泊まりとかしたことあっけど、俺は一回も変なことしてねーからな……!!」

　そっちこそ一緒にしてんじゃねーよ……!!

　……って、待てよ。

　熱……か。

その話、使えるっ……。

閃いた俺は、すぐに荷物を持ち、帰る支度をする。

「夏目、どこいくの？」

「今日は帰る！　やることねーし！」

不思議そうにこっちを見ている冬夜にそう言って、教室を出た。

熱出てどうしていいかわからないって言ったら、すぐ飛んできてくれたんだろ……？

ってことは、俺が同じことしてもきてくれるかも……!!

最近、由姫と話す口実ばかりを考えていた。

昼休みには会えてるし、話せないことはないけど……俺が言っているのは、人数的な問題。

いつも由姫と会えても、同じクラスの奴やらfatalの他のメンバーやらnobleの奴らやら、とにかく邪魔が多い。

俺はゆっくり、由姫と話したいんだ。

冬夜はこの前、由姫と偶然とは言ってたけどふたりでデートしてたし、双子もそんなことになってるとか知らなかったし……俺だって由姫と過ごしたい！

ただ、ひとりで接触しようものなら他の奴に阻まれるし、由姫から会いにきてもらうしか方法はない。

いい口実がないと思ってたけど……これならいける！

名付けて、『看病しにきて由姫作戦』だ！


自分の寮部屋に戻るよりも先に、隣にある秋人の部屋に入った。

　今回の作戦、俺ひとりじゃダメだ。

　流石にひとりじゃ警戒されるだろうし、秋人にも参加させてやろう。

　秋人の家のリビングに入ると、ソファに横になりながら漫画を読んでいる秋人の姿が。

　入ってきた俺を見て、だるそうにため息を吐いていた。

「……ノックくらいしてよ」

「おい聞け、秋人!!」

「はぁ……何？」

「この前……双子が由姫に、看病してもらったらしいんだよ……!!」

　とにかく作戦について説明しようと、先にそのことを伝える。

「……は？」

　秋人は、露骨に声を低くさせた。

「何それ……意味わかんないんだけど」

「まあこれについて文句言ってもしかたねーだろ。……でだ、俺たちもその作戦でいこうと思う！」

「……話が見えない。日本語喋って？」

　こいつ、せっかく誘ってやってるのに……！

「だーかーら、お前が熱でたからって言って、由姫にきてもらうんだよ！　そうしたら俺たちで由姫をふたりじめできるじゃん！」

「……乗った」

　詳しく説明すれば、すぐに乗り気になった秋人。

　　即答した秋人に俺もにやりと微笑んで、スマホを取り出した。

「とりあえず電話すっから待ってろ！」

　　思い立ったら即行動！　つーか、実行するなら休日の今日しかない……！

　　平日は学校と生徒会で、由姫の周りには常に邪魔者がいる。

　　由姫がひとりでいることを願って、俺は電話をかけた。

　　何コールかして、繋がった電話。

「も、もしもし、由姫？」

《なっちゃん？　どうしたの？》

　　出てくれたことに、ひとまずほっと安堵の息を吐く。

　　……よし。

「実は、秋人のやつが熱出してさっ……」

　　俺は迫真の演技で、そう告げた。

　　心配している感じを装い、喋り方も焦っている様子を演じる。

　　騙しているから、心の中で「ごめんね由姫……！」と謝っておく。

「冬夜も忙しそうだし、俺看病とかしたことないし、どうしていいかわからなくてっ……」

「ごほっ、ごほっ……」

　　後ろで、秋人も苦しそうな演技をしていた。

《この前華生くんも熱出してたし、風邪が流行ってるのかな……？　えっと、それじゃあ何か必要なもの買って向か

うね。部屋の番号聞いてもいい？》

　　やったっ……！

　　こっそりガッツポーズをしながら、部屋の番号を伝えた。

《はーい……！　急いで行くから安静にしててね！》

　　その言葉を最後に、切れた通話。

　　俺はスマホを置いて、秋人に笑顔で伝えた。

「由姫、来てくれるって……！」

　　秋人も、嬉しそうに目を輝かせた。

「やるじゃん夏目……！　よくやった……!!」

　　へへっ、俺もやるときはやるんだぜ……！

「早く用意しないと……！」

　　秋人の言葉に、首を傾げた。

「用意？」

　　なんの……？

「俺熱出てる設定なんでしょ！　ほら早く！」

　　そ、そうだった……！

　　由姫がきてくれることが嬉しくて、肝心の設定を忘れて

しまっていた。

　　俺たちは急いで、いろんな看病道具を集めた。

「とりあえず熱冷ましのシート額に貼っとけよ……!!」

「そんなん持ってないって……！」

「えー……んじゃなんでもいいから貼っとけ……！」

　　適当にタオルを水で濡らして、秋人の額に乗せる。

「ちょっ、雑だって……!!　水切って……！」

「あーもううるさいな！　そんな元気な病人があるか!!」

「そんな雑に看病するやつもいないから……!!」

　はぁ……めんどくせーなこいつは……。

　そんな感じで由姫が来るまでの間、俺たちは周到に用意
をした。


【side秋人】


　──ピンポーン。

「来た……!!」

　インターホンの音に夏目が玄関へ飛んで行った。

　病人のふりをした俺は、夏目に乗せられた生ぬるいタオ
ルを額に置いて、ベッドに横になっている。

　というか、今更だけど……由姫が俺の部屋にいるって、
やばいな……。

　由姫がfatalにいた時も、部屋に呼んだことはなかった。
というか、前の総長の監視があったから、そういうのは禁
止されてた。

　よく、カフェ巡りをしたり、甘いものを食べに連れて行っ
たりはしたけど……。

　玄関が開く音がして、一気に緊張する。

「おじゃまします」というかわいい声が聞こえて、息を飲
んだ。

　ほんとに来てくれたんだ……。

　寝室の扉が開いて、由姫の姿が見えた。

「わっ、秋ちゃん……！」

　由姫……。

　俺の姿を見て、心配そうに駆け寄ってきてくれた由姫。

「大丈夫？」

　俺と目線を合わせるようにしゃがんで、顔を覗き込んできた。

　うわっ……。

　慣れない至近距離に、顔に一気に熱が集まった。

　ち、近い……。

　それなりに遊んできたつもりだし、女には慣れているほうなのに……本命を前にすると、こんな恋愛初心者みたいになってしまう自分に恥ずかしくなった。

「熱は何度くらい？」

　由姫にそう聞かれ、夏目がたじろいだ。

　質問の答えを考えていなかったのか、「えーっと……」と悩んでいる。

「さ……39.5℃とか？」

　悩んだ末、そう答えた夏目。

　……バカ。

　由姫は夏目の答えに、目を大きく見開かせた。

「え……！　そんなに高いの……！　病院に行ったほうがいいよ……!!」

　夏目はバカであんまり風邪も引かないから、ちょうどいい数字がわからなかったんだろう。

　驚いている由姫に、夏目のほうが驚いていて、どうして

いいかわからずあたふたしている。

　はぁ……。

「ごほっ、それは昨日ので、今は7℃後半まで下がったよ」

　俺はフォローするように、そう伝えた。

　由姫も少し安心したのか、ほっと安堵の息を吐いている。

「そっか……でも、そこまで上がったならやっぱり病院で診てもらったほうがいいかもしれないね」

「もう随分落ち着いたし、大丈夫だよ。心配してくれてありがとう」

　なんとかごまかせたようで、一安心。

　夏目も、胸をなで下ろしている。

「ううん。風邪は辛いもんね……」

「……っ」

　由姫が、じっと俺を見ながら眉の端を下げた。

　上目遣いになっていて、ごくりと喉を鳴らしてしまう。

　……か、わいい……。

　ダメだ、最近は特に耐性ができてないから、由姫の圧倒的なかわいさを前に言葉が出てこない……。

　fatalにいた時は、まだ頻繁に会っていたし、耐性もできていたけど……今の俺には刺激が強すぎる。

　それに、由姫は前以上に綺麗になったから……もう、完全にお手上げだ。

　俺がそんなことを思っているとは知る由もないだろう由姫が、突然俺の額に乗っているタオルをとった。

　そして、熱を測るように手を重ねてくる。

　その手の冷たさが気持ちよくて、目を瞑る。……ていうか、手ちっさ……。
「あっ、ほんとだ……もう熱は下がってるみたい」
　熱がないことがバレないかとひやっとしたけど、由姫が近くにいることで体温が上がっていたのか、怪しまれることはなかった。
　よかった……。
「このタオルちょっと緩くなってるね。熱冷ましのシート持ってきたから、取ってくるね」
　由姫が、急いで寝室を出て行った。
　夏目とふたりになり、俺はすぐに口を開いた。
「……お前、考えなしに発言するなよバカなんだから」
　早速嘘だってバレるとこだっただろ……。
「ば、バカじゃねーし……！　わ、悪かったって……」
　申し訳なさそうにしている夏目に、ひとまず忠告はやめておく。
　すぐに由姫が戻ってくるだろうし……。
　そんなことを考えている間に戻ってきた由姫の手には、額に貼るシートが握られていた。
「はい。ちょっとひんやりするよ」
　フィルムをめくって、俺の額に恐る恐る貼った由姫。
　冷たさに、頭がきんとした。
　思わず身をよじると、由姫のかわいらしい笑い声が降ってくる。
「ふふっ、冷たかった？」

「う、うん」

　ふふって……かわいいな。

　風邪のふりをしているから本当に頭が熱に浮かされてしまったのか……もう頭の中がかわいいで埋め尽くされている。

「朝から何か食べた？　お腹空いてない？」

「お腹は……ちょっと空いてる……」

　さっきまでスナック菓子食ってました……なんて言えるはずもなく、そう誤魔化す。

　いや、嘘はついてない、嘘は……。

「すぐに作るね。おかゆかうどん、どっちがいい？」

　……え？

　由姫が作ってくれるの……？

　おかゆでもうどんでも、由姫が作ってくれるならなんでもいい。

　どうしよう……嬉しすぎる。

「えっと……それじゃあ、うどんがいい……」

　本当にどっちでもよかったけど、悩んだ末そう答えた。

「わかった。ちょっと待っててね」

　笑顔を残して、また寝室を出て行った由姫。

　今から俺のために作ってくれるのかと思うと、口元が緩んで仕方なかった。

「……看病されるの最高だな……」

「ちっ……」

　今度は夏目が、俺をじっと睨みつけている。

「今更だけどさ、俺が看病される側がよかったし……!!」

「今度頼みな」

「くそ……！」

　ふっ、役得すぎるな。

　夏目に乗ってよかった……騙しているのは心苦しいけど、夢のような時間だ。

「ふーん、俺も用意手伝ってこよーっと」

　そう言って立ち上がった夏目は、不敵な笑みを浮かべていた。

　こいつ……。

「お前っ……！　ずるいぞ……！」

「病人は安静にしとけよ～！」

　風邪を引いている設定な以上、俺は必然的に動けない。

　くそ……してやられたな。


　ひとり暇な時間を過ごした俺のもとに、ようやく幸福のひとときが戻ってきた。

「はい、できたよ～」

　トレーにお皿を乗せて、戻ってきた由姫。

　ローテーブルの上にそれを乗せてくれて、俺は重い体を起こすふりをしてテーブルの前に座った。

「うまそう……」

　普通のうどんなのに、由姫が作ってくれたってだけで豪華に見える。

「よく噛んで食べてね。水分補給もしっかりしてね」

「ありがとう……」

　俺は手を合わせて、羨ましそうにこっちを見ている夏目を無視しうどんを食べた。

　……美味しい。

　これから、好きな食べ物と聞かれたら「うどん」と答えてしまいそうなほど。

「氷まくらも冷たくなくなってるから替えてくるよ！」

　気が利く由姫は、今のうちにとまた寝室を出て行った。

「なあ、俺にも一口！」

「無理。気持ち悪い」

「頼むって！　なーあ!!」

「無理」

　これだけは夏目にもやらない……。

　すぐに由姫が戻ってきて、夏目が急いで俺から離れた。

「うん、これでよし！」

　枕元に置いて、満足げに微笑んでいる由姫。

　その笑顔にまた、かわいいなと心の中で呟かずにはいられなかった。

「食べ終わったらまたゆっくり休んで、平熱に戻るまでは無理しないでね？　体も冷やさないように」

　こくこくと、頷いて返す。

「他には、何かわからないことある？」

　……あれ？

　やばい、雲行きが怪しくなってきた……。

　由姫、もしかしてもう帰っちゃうんじゃ……。

「えっと……う、ううん」

　夏目が、由姫の言葉に首を横に振った。

　由姫は微笑んで、立ち上がる。

「それじゃあ、私は帰るね！　秋ちゃん、お大事に！」

　……っ！

　も、もう……!?

「……っ、待って……！」

　俺は思わず、手を伸ばして由姫の手を掴んだ。

　結構強い力で掴んでしまって、慌てて手の力を緩める。

　風邪引いてるやつの力加減じゃなかったな……ていうか、今の痛くなかったかな……。

「ごめんね……」

　すぐに謝った俺を見て、由姫が不思議そうに首を横にかしげる。

　えっと、何か言わないと……。

　由姫に、まだ帰って欲しくない……。

　できるなら、もうずっとここにいてほしいくらい。

「もうちょっとだけ……いてくれない、かな。……さ、寂しいんだ……」

　出てきたのは、そんな苦し紛れの言い訳。

「秋ちゃん……」

　由姫が、不思議そうに俺を見つめてくる。

「なっちゃんもいるけど……」

　……そ、そうなるよね。

「で、できれば賑やかなほうがよくて……」

「そっか……風邪の時って、心細いもんね……」

　なんとかごまかせたのか、由姫が納得した様子でそう言った。

　時計を見て、「うーん……」と悩む仕草をした由姫。

「17時には蓮さんが帰ってくるから、それまではいるね」

　よっしゃ……！

　思わず、心の中でガッツポーズをした。

「ありがと……ごほっ」

　ちゃんと風邪を演じるのも忘れず、笑顔を返す。

　まだもう少し、由姫といられる。

　それだけで、幸せだった。

「私はここにいるけど、できれば寝た方がいいよ？」

「うん……でも、ずっと寝てたから眠くなくて」

「そっか」

「もう体調も随分落ち着いてるし……由姫と話してたい」

「ふふっ、いいよ。どんな話がいい？」

　くすりと笑う由姫が綺麗で、見とれてしまう。

　改めて思うけど……本当に、綺麗になった。

　２年前は、とにかくかわいくて、年下の女の子っていう感じだったのに。

　再会した由姫は、美しいって言葉が似合う女の子になっていた。

　かわいくて、綺麗で、優しくて……。

　……由姫は、ズルい。

　俺の心を掴んで離さない、魅惑的すぎる女の子だ。

　きっとこの先も、由姫以上に焦がれる相手は現れないんだろう。

　俺はどうして……“あの日”、会いにきてくれた由姫に気づかなかったんだろう。

　考えても仕方ないことを、今だに毎日悔やんでいる。

「……」

　なぜか落ち着かなさそうに、そわそわしている由姫。

「どうしたの？」

　不思議に思って聞けば、由姫はきょろきょろとあたりを見ながら口を開いた。

「やっぱり、部屋ってその人の感じが出るよね。すごく秋ちゃんっぽいオシャレな部屋でびっくりした」

　俺っぽいってどんな感じだろ……？

　気になったけど、褒めてもらえたことが純粋に嬉しかった。

「秋ちゃん、インテリアとかすごく詳しかったし、センスいいなぁ〜」

　由姫の言うとおり、インテリアには少し詳しい。

　こだわりが強く、家具には凝っていた。

　ありきたりなモードが嫌いだから、海外のもので揃えている。

「俺の部屋にも今度来て！　秋人の家よりおしゃれだから！」

　夏目が、ここぞとばかりに次の約束をこぎつけている。

　あのおこちゃま部屋のどこがおしゃれなんだか……。

「いつもアジトで集まってたから、みんなの家とか行ったことなかったね」

その言葉に、昔を思い出した。

あの頃は、みんな由姫の気を引こうと必死になってた。

今も、やってることは変わらない気がするけど。

ただ、違うことといえば……あの時は由姫は自分からfatalの場所に来てくれた。

俺たちはいつも、由姫が来てくれるのを待ってた。

……最高の環境だったな。

「そう言えば、一度ふたりが私を看病してくれたこと、あったよね」

え……？

由姫の言葉に、そういえばそんなこともあったと思い出す。

「fatalのアジトで、貧血で倒れた時……必死になって看病してくれた」

あの時は、俺と由姫と夏目の３人しかいなくて、由姫が突然倒れたから俺たちふたりは慌てふためいた。

救急車を呼ぼうと思ったけど、由姫が大丈夫と言うからふたりで必死に看病したんだ。

「私にとっては、優しいお兄ちゃんと弟みたいな存在だった」

……っ。

由姫にとっては、何の気なしに発した言葉なんだろう。

でも、俺の心を突き刺すには十分すぎる言葉だった。

　存在"だった"、か……。

　もう過去形になってしまったことが、現実を突きつけて
くる。

　お兄ちゃんだと思われていることは喜べないけど、それ
だけ信頼してもらえていたということだ。

「由姫……」

　もう、由姫の信頼を取り戻すことはできない……？

　きっと、俺はfatalの中でも一番警戒されているだろう。

　当たり前だ、由姫が一番嫌うような、最低な手段をとっ
たんだから。

　それに俺は、サラだと知らなかったとは言え実質由姫に
危害を加えようとした。

　サラ以外の女はどうでもいいと思っていたし、どうにで
もしてやれと思っていたから。

　メガネ女と蔑み、最低な言葉をいくつも吐いた。

　好きになってもらうどころか……前みたいな関係に戻る
ことすら絶望的。

　でも……諦めたくない。

　俺には本当に、由姫だけなんだ。

　俺はずっと……焦がれ続けているんだ。

　由姫を好きな気持ちなら、誰にも負けないのに……土俵
に立つことさえ許されないくらい、ひどい印象を植え付け
てしまった。

「……秋ちゃん？」

　俺を見て、不思議そうに首を傾げた由姫。

「どうしたの、なんだか……泣きそうな顔。どこか痛い？」

　心配そうに、俺を見つめてくる由姫。

　……好きだ。

　そう、腹の底から声を出して、叫んでしまいたかった。

　──ピンポーン。

　来客の予定はなかったのに、インターホンの音が鳴り響いた。

「げっ……」

　夏目が、あからさまに嫌そうな顔をする。

　……なんとなく、俺も誰が来たのか察しがついた。

　俺の家に来るのなんか、ひとりしかいない。

「誰か来た……？　私、出て来ようか？」

「い、いや、大丈夫！　多分後輩だろ！　どうせ後で連絡でも入るよ！」

「でも……」

　動揺を隠しきれていない夏目に、ため息が溢れた。

　居留守を使う手段に出たけど、訪問者はドンドンと扉を叩き出した。

「いるんでしょ。開けて」

　聞こえたのは、いつもより少し低い冬夜の声。

　……どこまでバレてるんだか。

「あれ、ふゆくん……？　私、開けてくるね！」

　冬夜の声が聞こえたことで、由姫が立ち上がってしまった。

　……終わった、俺たちの癒しの時間。

「おい、なんで冬夜来たんだよ」

「もしかしたら、さっきの話でなんか察したのかも……あいつ勘だけはアホほどいいからな……くそっ……」

　悔しそうに下唇を噛んでいる夏目に、もう一度ため息を吐いた。

　由姫に連れられ、寝室に来た冬夜。

　俺と夏目の姿を、呆れた様子で見ている。

「……やっぱりね」

　夏目のやつ、ほんっと詰めが甘いな……。

「由姫、どうしてここにいるの？」

「秋ちゃんが熱を出してて、看病に……」

　由姫の返事を聞いた冬夜は、目を細めて夏目を見た。

「でも、ふゆくんがきてくれたらもう安心だね！　それじゃあ、私は帰るね」

　えっ……。まあ、そうなるか……。

「またね、みんな！」

　これ以上、手を振る由姫を引き止める術を持っていなかった。

　名残惜しくも、手を振って由姫を送り出す。

　パタンと、扉が閉まる音が響いて、俺はすぐにベッドから出た。

　……暑かった……。

「……で？　何してるのふたりとも」

　冬夜が、哀れなものを見るように俺と夏目に視線を向けた。

「……っ、だぁ!!　せっかく由姫と一緒にいられたのに!!」

　頭を抱えて、悔しそうにしゃがみ込んだ夏目。

「なんで邪魔すんの冬夜……」

　俺も、せっかくの由姫との時間を邪魔され、恨みを込めて冬夜を睨みつけた。

「熱なんてないでしょ。はぁ……そういうせこい手はやめようって話したのに」

「そうでもしないと由姫と過ごせないんだよ……」

　その通りだよ……。

「気持ちはわかるけど、後で西園寺にキレられてもしらないよ。この前みたいなことになりたくないでしょ？」

「お、思い出させんな!!」

　正論を言われた夏目が、怯えたように声を荒げた。

　夏目にとっては、よほどトラウマらしい。まあ確かにあの時の西園寺は、目がいっていた。

「はーあ……俺の幸せな時間が……」

　ため息が止まらない俺を見て、冬夜が苦笑いを浮かべている。

「はいはい、幸せは自分の手で正攻法で手に入れてね」

　ちっ、良い子ちゃんめ。

　まあ嘘をついたのは悪かったし、これ以上文句は言わないでおこう。

　次は……夏目もいない時に、ふたりだけで話したいな。

## 蓮不在日和

【side南】

　土曜日の朝のHR。先生が、一生懸命何かを話している。

　僕は興味がないから、ぼうっと外を眺めていた。

　それにしても、このクラスの担任になって、かわいそうだなぁ。

　前までは、fatalの奴らはサボってたし、蓮くんもまともに来てなかったけど……今は全員揃って出席している。

　こんな威圧的なやつらに囲まれてるせいで、最近の担任は完全に萎縮していた。

　fatalなんてただでさえガラが悪いし、夏目くんなんか睨み目がデフォだ。

　下を向きながら話している担任が、哀れになった。

「さ、西園寺蓮さん、天王寺春季さん、千里秋人さん。3人は体育の補講があるそうなので、放課後は着替えて体育館に向かってください」

　……ん？

　担任が震え声で言った言葉が、耳に入ってきた。

　……補講？

「……あ？」

「……は？」

　蓮くんと天王寺の、ひくーい声が教室に響く。

　もうそんな季節か……。

「ひっ……！　そ、それでは、ＨＲは以上です……‼」

　担任は顔を真っ青にさせて、逃げるように教室から出て行った。

「でた～、補講三銃士」

　僕の声に、蓮くんが舌打ちをした。

　説明しよう。補講三銃士とは、蓮くんと天王寺と秋人くんのことを指す。

　この３人は体育の補講常習犯で、毎年毎学期仲良く補講を受けているのだ。

　……いや、蓮くんに関しては補講すらサボってるけど。

　最近は由姫に言われて真面目に授業を受けているお三方だけど、すでに欠席を重ねすぎてて間に合わなかったらしい。

　今回も、補講は免れなかったみたいだ。

　それにしても……。

「夏目くんはちゃっかり免れてるんだよね～」

　同じくらいサボりぐせのある夏目くんは、いつもきっちり免れていた。

　僕の言葉に、ふふんと得意満面な夏目くん。

「俺はお前らと違って真面目だからなぁ～」

「体育が好きなだけでしょ？」

「ち、ちげーし‼」

　いつも体育だけは楽しそうだもんねぇ……。

「秋人、サボらずにね」

　冬夜くんが、秋人くんの背中を叩いた。

「ま、さすがに補講は受けるよ。もともと100時間弱の授業分がたった数時間の補講で免除してもらえるなら、安い安い」

　秋人くんってそういうとこあるよね。全部計算で動いてるっていうか、とにかくサボれるところはきっちりサボっている。

「蓮くんも、補講頑張って〜」

　僕も同じグループの蓮くんを励ますように、背中を叩いてあげた。

　……あ。

　僕、いいこと思いついちゃった……！

「行くわけねーだろ」

　予想通りの返事が来て、僕は内心ほくそ笑む。

「いやいやいや、行く以外の選択肢ないでしょ」

「俺はいいんだよ」

　俺はいいんだよって、暴君だなぁ〜。

　でも、今回はきっちり補講に行ってもらうよ。

　蓮くんがいないってことは……今日の放課後の生徒会は、僕たちと由姫だけ。

　本当は由姫とふたりになりたいけど……まあ、蓮くんがいないってだけで十分だ。

「授業サボりまくって、補講までサボるなんてださ〜。俺だったらそんな彼氏死んでもごめんだね〜」

「俺だってお前みたいなの生まれ変わっても無理だ」

「由姫にチクっちゃおっかな〜」

　僕の言葉に、蓮くんはあからさまに反応した。

「……」

　不機嫌そうに、眉間にしわを寄せている。

　後一押し……。

「由姫真面目だから、何も言わなくても幻滅はするだろうな〜。高３にもなって先生困らせるなんてただの問題児じゃん〜」

「……ちっ」

　……よし。

　ほんと、チョロいなぁ〜。

　由姫の名前を出せば、蓮くんなんて一発だ。

　だるそうに立ち上がって、教室から出て行った蓮くん。

「ま、今日の生徒会は俺たちに任せて、補講頑張ってね！」

　僕の声が届いているのかいないのかはわからないけど、スタスタとどこかへ行ってしまった。

「これで今日は、僕たちで由姫ひとりじめだね！」

　舞くんと滝くんに、笑顔でガッツポーズをした。

　最大の邪魔者がいない今、由姫と僕たちを阻むものはない！

　最近は特に、蓮くんの監視が厳しくて、由姫とふたりになることもできなかったから、万々歳だ。

「蓮がいないなんて珍しいからな……今日は由姫とゆっくり話せるかもしれない」

　嬉しそうにそう言った滝くんとは違い、顔をしかめた舞

くん。

「いや、由姫も今日は来ないだろう」

「え？　どうして？」

「どうせ、蓮が『俺がいないから行くな』とでも言うに決まってる」

　舜くんのいう通りだろうね。でも……。

「ふふっ、大丈夫だよ！」

　僕がそこまで、考えてないわけないじゃん。

　大丈夫、由姫は絶対に生徒会に来させるから。

「僕らにはもうひとり、頼もしい味方がいるじゃない！」

　そう言って、不思議そうにしているふたりに微笑み、僕はある人物に連絡をした。

　頼んだよ、全てはキミにかかってる……！

　蓮くんのいない放課後に胸を躍らせながら、僕はその人に電話をかけた。

【side海】

　放課後になって、いつものように蓮さんが教室に由姫を迎えに来た。

「由姫」

　気づいた由姫が、嬉しそうに立ち上がって蓮さんに駆け寄る。

　俺はふたりの会話に聞き耳を立てながら、どうなるのか

を見守る。

「悪い、今日は用事が入って生徒会休むことになった。だから、由姫も行かなくていいぞ」

「え？　私ひとりで行きますよ？」

「無理だ、休んでくれ。あいつらと由姫だけとか気が気じゃなくなる」

「わ、わかりました」

「それじゃあ、また連絡する。寮まで送ってやれなくてごめんな。気をつけて帰れよ」

　そう言って由姫の頭を撫でてから、去って言った蓮さん。

　……本当に、"聞いてた通り"になったな。

　俺は、自分の役目を果たそうと、荷物を持って立ち上がった。

　——今日の朝、南さんから電話があった。

　急になんだ……？　南さんからなんて、珍しい。

　頻繁に連絡を取っているのは、舜さんと蓮さんくらい。

　蓮さんに関しては、由姫に何かあれば都度連絡しろと言われているだけで、個人的なやりとりはない。

　突然珍しい人から電話がかかってきたことに不思議に思いながら、通話ボタンを押した。

「もしもし？　南さん？」

《やっほー一海くん！　急にごめんね！》

　相変わらず、朝から元気だなぁ……。

「いえ、全然平気ですよ」

《折り入って頼みたいことがあるんだよね〜》

　頼みたいこと……？

　南さんの頼みたいことって、なんか怖いな……。

　何を考えているかわからない人だから、この人の行動は読めない。表面上は優しい人だけど、一番何をしでかすかわからない人でもあった。

「なんですか？」

《今日さ、蓮くんが由姫を迎えに行くとき、生徒会に行かなくていいって言うと思うんだよ！》

　あまりにざっくりとしすぎている説明に、さすがに理解しきれなかった。

「どういうことですか？」

《蓮くん補講で生徒会来れないから！　自分がいない時に僕たちと由姫を一緒にさせるのが嫌だからさ！》

　早口に、息継ぎをせずに言い切った南さん。

「それで、俺に頼みって……？」

《由姫を生徒会に連れて来てほしいんだ！　僕たちもこんなチャンス逃したくないし！　もちろん、海くんも来ていいよ！　悪い話じゃないでしょ？》

　……なるほど。

　蓮さんがいない隙を見計らって、由姫との時間を作ろうってことか……。

「わかりました。任せてください」

　俺としては、断る理由がない。

　由姫の周りにはいつも蓮さんがいるし、周りに牽制しまくっているから、なかなかゆっくり話せる機会がなかった。

　他のnobleの幹部の人たちに比べれば、同じクラスの俺なんて機会が多いほうだろうけど……それでも、教室には教室の敵がいる。

　こんなうまい話、逃すわけにはいかない。


　南さんから聞いていた通りの展開になり、俺も動き出した。

　蓮さんを見送った由姫に声をかけようとしたけど、先を越された。

「由姫、今日休みなの!?」

「遊ぼう!!」

　双子……。こいつら、前にも増して由姫にべったりになったなぁ……。

　……なんて、最後まで由姫の正体に気づかなかった俺は何も言えないけど。

　双子は、由姫の中身を好きになったわけだし……そこを突かれると何も反論できない。

　でも、俺だって由姫への気持ちは負けないし、関係ない。

「寮まで送る」

　氷高まで立ち上がって、若干面倒な空気になったかもと焦り始めた。

「う、うん」

　由姫が連れて行かれる前に、丸め込まないと……。

「由姫、ほんとに生徒会休むの？」

　俺は、少し困っている様子を演じながら、由姫に声をか

けた。

「え？」

「今日、仕事が山積みらしいんだよね……俺も手伝いにきてって頼まれてさ……」

　焦りを表情に出しながら、由姫を見つめる。

「そ、そうなの……!?」

　由姫が、驚いた様子で声をあげた。

「蓮さんもいなくて由姫もいなかったら、ますます忙しくなりそうだな……ま、俺も頑張って手伝うよ」

「ま、待って！　やっぱり私も行くよ！」

　……ごめんね、由姫。

　簡単に騙されてくれた由姫に、心の中で謝る。

　俺のこと、あんなに警戒してたのに……由姫は人を疑うことを知らないのかも。そんな純粋なところも好きだけど、俺以外に騙されないかと心配になる。

　他の奴にそんなこと、させないけど。

「え？　でも……」

　俺はわざとらしく、由姫をちらりと見る。

「みんなに迷惑かけたくないし……蓮さんがいない分、私が頑張る！」

「ほんと？　ありがと……俺からもお礼を言うよ。それじゃあ一緒に行こっか？」

「うん！」

　南さん、俺に感謝してくださいね。

　……ま、一緒に過ごせる時間が増えたから、相殺ってこ

とでいいかな。

「ちょっ……！　俺たちと遊ぼうよ!!」

「生徒会とかどうでもいいじゃん！」

「てめーが死ぬ気でやりゃいいだろ」

　双子と氷高が、口々に文句を言っている。

「ごめんね……生徒会のみんな、毎日働いてただでさえ疲れてるだろうから……」

　優しい由姫が生徒会の人たちを見捨てるわけもなく、俺はこっそりとほくそ笑んだ。

　残念、由姫は連れていくね。

「さ、行こ」

　由姫とふたりで、教室を出た。


　それにしても、思わぬ機会に恵まれた。

　今更だけど、由姫と生徒会室までふたりとか緊張しかない……。

　何話せばいいか、わからないし……。

　俺は重度のサラの信者だと周りから言われてきたけど、それは自覚していた。

　周りに他の奴がいたらなんとか自分を保てるけど、ふたりになると訳が違う。

　やばい、なんか話さないと。

　そう思うのに、渇いた喉から言葉が出てこない。

「……海くん？」

　由姫が、不思議そうに顔を覗き込んできた。

　突然の至近距離に、ドキッと心臓が大きく高鳴る。

「あっ……ど、どうしたの？」

「なんだか様子がおかしいけど、平気？」

　静かすぎて怪しまれたのか、聞かれた言葉に苦笑いを返す。

　やば、かっこ悪……。

　好きな女の子の前だから、もっとスマートにいたいのにな……。

「う、うん。由姫とふたりだから、緊張してるのかも」

　ごまかすのはもっとかっこ悪いなと思い、素直にそう言ってみた。

「ふふっ、なあにそれ」

　由姫は冗談だと思ってるのか、くすくすとかわいらしく笑っている。

　俺、一回告白したんだけどな……全然真に受けられてない？

　もっと必死にいかないと、由姫には本気に取ってもらえないかもしれない。

「でも、ふたりって珍しいよね……！」

「うん」

　由姫の言う通り、俺たちがふたりきりになることなんてまずない。

　いつも誰かしらいるし、特に氷高が俺と由姫がふたりにならないように目を光らせているから。

　由姫がサラだって判明してからは……初めてだ。

　意識すると余計に緊張して、頭の中が真っ白になった。

　せっかくふたりなんだから、いろいろ話したいこともあるのに……。

　俺って、好きな子の前ではこんなんになるのか……情けな。

　今の俺の姿を見たら、双子や氷高が腹を抱えて笑いそうだ。

「海くん、耳まで真っ赤だけどほんとに大丈夫……？」

「う、うん。気にしないで」

　とにかく今は、由姫とふたりの時間を噛みしめよう。

　こんな機会、ほんとに滅多にないことだから。

　そう思いながら、結局生徒会室に着くまで、まともに目を見て話すことはできなかった。


【side舜】


「よーし、準備万端！　今日は由姫をもてなすお菓子パーティーだよ！」

　生徒会室のテーブルに、びっしりと甘い菓子を並べている南。

　見ているだけで胸焼けしてしまいそうなスイーツの山に、俺の眉間にしわが集まる。

　さすがに由姫も、ここまではいらないだろう……こいつは加減を知らないというか……。

「本当に由姫は来るのか？」

　大前提があやふやなため、俺としては無駄になるんじゃないかと踏んでいる。

「もちろん！　賭けてもいいよ！」

　由姫が来ることを信じて疑っていない南の姿に、ため息がこぼれた。

　何を根拠に言ってるんだか……。

　放課後になった途端、出て行った蓮。

　間違いなく、由姫のところに向かっただろう。今日は生徒会室には行くなと、きつく言い聞かせたはずだ。

　蓮の言うことはきっちり守っている由姫が、ここに来るとは思えない。

　南は何か策があるようだが……。

　──コン、コン、コン。

「失礼します」

　ノックの音の後に、見知った声が聞こえた。

　……海？

　なんの用だと思い視線を向けると、開いた扉の先にいたのは海と……由姫の姿だった。

「お疲れ様です」

　にっこりと、俺たちを見て微笑む海。

「どうしてお前がいるんだ？」

　それに、由姫が一緒にいる理由もわからない。

「南さんにお願いされたんですよ」

　その言葉に、なんとなく察しがついた。

　頼もしい味方って、海のことか……。

　どうやら、海に由姫を連れてきてもらうように頼んだらしい。

「俺も協力者なんで、今日はここに居座らせてもらいます」

「ああ、別に構わない」

　笑顔の海に、そう言ってやった。

　まさか本当に来るとはな……。

　蓮がいない以上、今日は由姫とゆっくり話せそうだ。

　全員考えていることは同じらしく、あからさまに機嫌が良くなっている。

「早速、仕事始めますよね。私の分の仕事ください！」

　俺のもとに駆け寄ってきて、そう言ってきた由姫。

「ん？　今日は特に……」

　切羽詰まってやることもないが……。

「え？　でも、今日はやることが多くて忙しいって……」

　どうやら、海も適当な嘘をついて連れてきてくれたらしい。

　蓮の忠告を無視してまで連れてくるには、それ相応の訳が必要だったんだろう。

「あー、そうなんだけど、まだ資料が届いてないから着手できなくって！」

　ごまかすような南の言葉に、由姫は納得した様子で「そうだったんですね」と呟いた。

「それまではやることないから、休憩がてらお菓子パーティーでもしようって話になったんだ！」

「お菓子パーティー……！」

　お菓子という言葉に、目を輝かせた由姫。

　菓子でここまで釣られるなんて……大丈夫かと心配になった。

「ほら、こっちで食べよう！」

　南に案内され、テーブルへ駆け寄った由姫。

　並べられたスイーツを見て、さらに目の輝きが増した。

「マカロン……！」

「マカロンが好きなのか？」

　由姫はこくこくと、何度も首を縦に振った。

「大好きです……！　こんなにたくさん……!!」

　マカロン……砂糖の塊くらいにしか思っていなかったが、由姫が好きと言うなら覚えておこう。

「さ、食べて食べて～！」

「はい……！」

　南の声を合図に、それぞれがテーブルに集まる。

　一番近くにいた俺と南が、由姫の隣を占拠した。

「俺は前の席のほうがいいんで」

「俺もだ」

　出遅れた海と滝は、負け惜しみをこぼしながら由姫の前の席に座った。

「いただきます……！」

　お菓子パーティーという名目の下、由姫独占会が始まる。

　過保護な蓮がいないおかげで、今日はゆっくりと由姫との時間を過ごせそうだ。

「あの、そういえば蓮さんの用事って……」

　ケーキを食べる手を止めて、そう聞いてきた由姫。

　……これは、正直に言うべきか、隠すべきか……。

　蓮のことを考えると、バラされたくはないだろう。

　自業自得だが、最近は由姫に言われて頑張って出席して
いるし……フォローしておいてやるか。

「理事長に――」

「補講だよ補講！」

　俺の声を遮って、南が馬鹿正直に答えた。

　こいつ……わざとだな。

「補講……？」

　由姫が心配そうな表情をして、首を傾げた。

「蓮くん、体育サボりっぱなしだから、補講受けてるんだ〜」

　追い討ちをかけるように、そう言った南。

　……あとでどうなっても知らないぞ。

「そ、それって、成績とか大丈夫なんですか……？」

「補講受けたら平気だよ〜！」

　由姫が、ほっと胸を撫で下ろしている。

「まあ、補講なんか相当サボらない限り呼ばれないがな」

　滝まで……。

「ほんと不真面目だよね〜」

　蓮がいないのをいいことに、ここぞとばかりに蓮の悪印
象を植え付けようとしている。

　由姫は初めて知るのか、驚いたような複雑そうな表情を
浮かべていた。

　恋人の知らない一面を他人から聞いたら、困るのも無理はないだろう。しかも、悪評なんて。

「でも、最近は授業に出てるって……」

　悲しげな由姫の姿に耐えられなくなり、口を開いた。

「ああ。由姫に言われてからはちゃんと出てるぞ」

　そう言えば、由姫は安心したのか笑顔に戻る。

　よかった……。

　こいつら、いくらなんでも必死すぎるぞ……。

　南と滝は、不満げに俺を見ていた。

　南に至っては邪魔をするなとでも言わんばかりの視線を向けていて、俺も目を細める。

　あとで蓮に言っておくか。南には今まで以上に注意しておいたほうがいいぞって。

「由姫は蓮くんのどんなところが好きなの？」

　また何を考えているのか、南がそんなことを聞いた。

「えっ……」

　恥ずかしそうに顔を赤らめながら、「えっと……」と悩んでいる由姫。

「や、優しいところ……とか……」

　シーン……と、生徒会室内が静まった。

　優しい、な……。

「蓮くんが？　まあ由姫に対してはそうだろうけど、他に対しては鬼だよ？」

　悪いが、俺も南に同意だ。

「優しさの欠片もないですよね」

　海も同意票をあげ、隣で滝も頷いている。

　これに関しては、かばってやりようがないな。

　……というか海、お前あとでシメられるぞ。

「そ、そうなんだっ……」

「そうそう。今からでも僕にしちゃう？」

　抜け駆けするように、さらりと口にした南。

　俺は呆れて、ため息を吐いた。

「由姫、南は無視して食べていいぞ」

「ちょっと、ひどいよ舜くん〜！」

　南の言葉は無視をして、俺はうまそうにスイーツを食べている由姫を見つめる。

「このマカロン、ほんとに美味しい……！」

　幸せそうに食べるな、いつも……。

　嬉しそうな由姫の姿は、いつまでだって見ていたい。

「ほんと？　僕のおすすめなんだぁ〜」

「南くんが紹介してくれるスイーツ、全部美味しいっ」

「このお店、食べ放題とかしてるんだよ？　案内するから今度一緒に行こうよ！」

　南の提案に、由姫が苦笑いを浮かべた。

「ごめんね、蓮さんにダメって言われてて……」

「僕、要注意人物みたいっ……」

　……その通りだろうな。

　実際、蓮が一番警戒しているのは南だろう。

　……いや、天王寺も同じくらいか。

　とにかく、蓮の中で要注意人物のランクがあるらしく、

　間違いなくツートップは南と天王寺だ。

　俺は比較的、まだ信頼があるほうだと自負している。

「それじゃあ、蓮さんも含めてnobleのメンバーみんなで行きましょうよ」

　海の提案に、由姫が嬉しそうに頷く。

「蓮くんは甘いの苦手だから置いていこうよ～」

「その理論でいけば俺も置いてけぼりか？」

「あっ、ほんとだ～、ごめんごめん」

　全く悪気のなさそうな謝罪に、またため息がこぼれた。

　こいつのごめんは、挨拶と同じだ。

　ごめんだけではない、こいつの言葉には基本的に感情がこもっていない気がする。

　多分、サイコパスという部類に入る人間だと思う。

　全員が口を揃えて、「一番敵に回したくない人間」という男。

「南は怖いな……俺が女性なら、絶対に恋人にしないタイプだ」

「ちょっとちょっと、由姫の前で変なこと言わないでよ！僕だって滝くんは何考えてるかわからないから無理～！不安になっちゃいそう～！」

「蹴落とし合いはダサいですよふたりとも」

　口々に言い合っている３人を見て、由姫が困っている。

　醜い争いだと内心呆れながら、俺はコーヒーを飲んだ。

「そういう海くんだって、一番束縛激しそう～！　俺以外見ないでとか言っちゃいそうだもん怖い～」

「失礼ですね。いいませんよ……それを言うなら舜さんで
しょ」

　俺……？

　突然巻き込まれてしまい、眉間にシワが集まる。

「わかる！　舜くんってめちゃくちゃ重たそう～」

　俺を見て、南がバカにするように笑った。

「やっぱり、一番の優良物件はどう考えても僕だよね！」

　こいつ、黙っていればどこまで調子に乗るつもりみたい
だな……。

「それはないな。南ならまだ俺のほうが、表裏がなくて信
用できる男だ。甘いものが好きという共通点もある」

「ストップ！　ムードメーカーで気も遣えるかつ女心がわ
かる俺が一番ですって」

　この話に乗るつもりはなかったが……。

「……いや。スペック的にはどう考えても俺だろうな。実際、
素行を含めれば蓮よりも俺が優ってる」

　こいつらに負けるのは不服だ……。

　どう考えても、劣っている要素がひとつも見当たらない。

「「「「由姫はどう思う？」」」」

　一斉に、由姫に視線が集まった。

　びくっと肩を震わせ、困り果てている由姫。

「えっ……と……」

　由姫は優しいから、はっきりと言えないんだろう。

　俺に負ける要素はひとつも……。

「…………てめーら、何してんだ？」

　背後から低い声が聞こえ、ハッとした。

　……蓮？

「あれ、蓮くん？　もう補講終わったの？」

　わざとらしくきょとんとしている南に、俺は頭を抱えた。

「……いや、まだだろうな」

　こんな一瞬で、終わるはずがあるか……。

「嫌な予感がしたから確認しに来た。……ら、案の定これだ」

　不機嫌オーラを隠すことなく、完全に目がキレている蓮。

「由姫、帰るぞ」

　由姫の手を取って、生徒会室から連れて出そうとしている。

「え、でも、今日はこの後仕事が山積みみたいで……」

「……騙されたのか？　そんなん嘘に決まってるだろ。ほら、帰るぞ」

「う、嘘……⁉」

　蓮の言葉に、ショックを受けている由姫。

「酷いっ……」

　そう言い残して、ふたり揃って生徒会室から出て行ってしまった。

「あーあ……みんな嫌われちゃったね」

　どう考えてもお前のせいだろ……。

　俺は今日何度目かのため息を吐きながら、頭を抱えた。

# これからもずっと一緒に
## ～最愛の人は総長さま～

## 浮気疑惑

　……よし、終わった。

　宿題を終わらせて、ぱたんとノートを閉じる。

　今日は生徒会が休みだったから、蓮さんの部屋でふたりで過ごしていた。

　晩御飯を食べ終わってお風呂に入って、私は宿題をして、蓮さんはソファで寝ていた。

　そろそろ私も帰って寝ようかな……。蓮さんもすやすや眠っているし、起こすのは気が引ける……。

　でも、ベッドで眠ったほうがいいだろうし、帰ることも伝えなきゃいけないから、起こそうとした時だった。

　——プルルル。

　テーブルの上に置いてあった蓮さんのスマホが震え、画面に着信主の名前が表示された。

《川田亜美》

　……え？　女の子の、名前？

　ドキッと、嫌な胸の高鳴りに襲われる。胸騒ぎが止まらなくて、私は動けなくなった。

　だ、誰、だろう……。

　女の子の、お友達……？

　でも、蓮さんは女嫌いと言っていたし、女の子の友達もいないと言っていた。

　お母さん、とか……？　でも、苗字が……。

　そこまで考えて、ハッとする。

　蓮さん、起こさないと……！

「蓮さん……！」

「……ん……」

「スマホ鳴ってますよ……！」

　体を揺すって蓮さんにそう伝えると、めんどくさそうに起き上がった蓮さん。

「ああ、悪い」

　スマホを手にとって、画面を見た蓮さんは眉間にシワを寄せた。

　私の頭を撫でるようにぽんっと叩いて、立ち上がった蓮さん。

「……なんだ？」

　電話をしながら、リビングを出て行こうとしている蓮さんに、また胸騒ぎがひどくなる。

　どうして、ここで電話しないの、かな……。

「明日？　……あー、わかった。行くから喚（わめ）くな」

　めんどくさそうな蓮さんの声の後、かすかに女の人の声が聞こえた。

「やったー！」という、高い声。

　蓮さんがリビングから出て行ってしまって、それ以上は聞こえなかったけど……ひとり残された私は、心を落ち着かせるように胸をぎゅっと抑えた。

　大丈夫、何か、用事があって……彼女は何かの知り合いで、私に言えないような関係なんかじゃないはず。

　電話をするためにリビングから出て行った理由はわからないけど、きっと聞かれたくない何かがあっただけで……。

　でも、聞かれたくない話って、なんだろう……。

　いつも、舜先輩やnobleの人たちの電話や、お父さんとの電話も私の前でしている。

　蓮さんの行動が気になって、仕方なかった。

　少したって、電話が終わったのか戻ってきた蓮さん。

「悪い、明日用事できた。１日いないと思う」

　さらりとそう言って、再びソファに座った。

「そ、そうですか」

　明日、何があるんだろう……。

「ど、どこか行くんですか……？」

「ああ。ちょっと家族と会ってくる」

　蓮さんの答えに、やっぱり疑問点が浮かんでしまう。

　家族って……？　蓮さん、一人っ子だったって言ってたはず……。

　それに、名前が違った……。

　もしかして——浮気、とか……。

　そこまで考えて、自分の思考に嫌気が差した。

　……私、最低だ。

　こんなに大切にしてもらってるのに、蓮さんのこと疑うなんて……っ。

「れ、蓮さん、私そろそろ帰りますね」

「宿題終わったのか？」

「はい……！　眠くなっちゃったので、おやすみなさい」

「おやすみ」

　蓮さんが、いつもの優しい笑みを浮かべながら頭を撫でてくれる。

　私は、逃げるような思いで部屋を出た。

　自分の部屋に戻って、寝室に直行する。

　ベッドにダイブして、枕に顔を埋めた。

　ごめんなさい、蓮さん。

　私、蓮さんを疑うなんて最低っ……。

　でも……不安が、拭えなかった。

　春ちゃんの浮気が発覚した時のことが、脳裏をよぎったから。

　違う、蓮さんはそんなことしないっ……。

　蓮さんのこと、信じなきゃ。

　そう何度も何度も自分に言い聞かせたけど、不安は消えなかった。

　その日は気になって仕方なくて、眠れない夜を過ごした。


　私、思った以上にトラウマになってたのかな……。

　春ちゃんに、浮気された時のこと……。

　自分では完全に吹っ切れていると思っていたし、立ち直るのにも時間はかからなかったと思う。

　でもそれは、蓮さんがいてくれたからで……。

　あの時のことを思い出すと、今でもぞっとする。

　ずっと信じていた人に、裏切られていた恐怖。

　もしまた、あんな恐怖を味わうことがあったら……。考えるだけで、ぞっとした。

　怖くて怖くて、たまらない。

　蓮さん、もう出て行ったよね……。

　時計を見ると、もう朝の10時。

　1日いないって言っていたし……きっと今頃、あの人といるのかな。

　……ダメダメ、不安になっちゃ。

　蓮さんは家族に会うって言っていたんだ。

　その言葉を、信じよう。

『俺は絶対に、由姫のことを裏切ったりしない』

　蓮さんの言葉だけを、信じるんだ……。

　……蓮さん、早く帰ってきて……。

　会いたくてたまらなくて、今すぐ抱きしめてほしくて、そう願った。


　時間が経つのが、遅い……。

　なんだか何も手につかなくて、今日はぼうっと無駄な時間を過ごしてしまった気がする。

　時刻は16時になったけど、蓮さんが帰ってきた気配はない。

　きっと帰ってきたら声をかけてくれるはずだけど……今日は夕食を一緒に食べる約束もしていないし、夜まで帰ってこないのかな……？

　うー……ダメだ、ひとりでいたら余計なことばっかり考

えちゃう。

　誰かに会いたいと思ったけど、それはそれで余計な心配をかけてしまいそうな気がする。

　ちょっと、散歩でもしよう。

　そう思って、私は部屋を出た。


　寮から少し離れたところにある、花壇に囲まれた中庭。

　休日にこんなところに来る人は少ないのか、誰もいなかった。

　ちょうどいいや……ひとりでぼうっとしたい気分だったから。

　綺麗な花を見ながら、心を落ち着かせる。

　ちょっと疑心暗鬼になりすぎてるだけだよね。

　そう思った時、ポケットの中のスマホの画面が光った。

　もしかして蓮さんから……！　と期待して、画面を開く。

　華生くんから……？

　どうしたんだろう？

　不思議に思ってメッセージを確認すると、そこには衝撃的な写真が届いていた。

《これ、西園寺だよね？》

　そんなメッセージの後に添付されていたのは……蓮さんが、綺麗な女の人に手を引かれている写真。

　間違いなくその姿は蓮さんで、心臓が嫌な音を立てている。

《大丈夫？》

　写真の後に添えられていたそのメッセージは、何に対しての言葉だったんだろう。

　華生くんも、驚いているのは伝わってきた。

　心配してくれているんだろうけど、私には今、返事をする余裕は残っていなかった。

　蓮さんの手を引いている女性は、どう見てもお母さんには見えない。

　20代くらいの、目を疑うような美人さん。

　一瞬、お似合いだと思ってしまって、そんな自分に嫌気が差した。

　これは……どういうことなんだろう。

　まさか蓮さんが、そんなことするはず……。

　でも、春ちゃんの時もそうだった。

　春ちゃんは浮気なんてするはずがないって思って、最後の最後まで春ちゃんの言葉を信じていた。

　でも……間違いだった。

　蓮さんも……なんて、思いたくない。

　思いたくないけど……こんな決定的な写真を見てしまったら、何を信じていいのか、わからないっ……。

　悲しくて、不安でたまらなくて、じわりと視界が滲む。
「……由姫？」

　……え？

　背後から名前を呼ばれて、反射的に振り返った。

　そこにいたのは、心配そうに私を見つめる春ちゃんの姿。
「どうしたの、こんなところで……」

　駆け寄ってくる春ちゃんの姿に、私は慌てて溢れかけた涙を拭う。

　こんなところ見られたら、心配させてしまう。

「ちょっと、日向ぼっこ」

　笑顔でそう言えば、春ちゃんは困ったように顔を歪めた。

「全然日当たってないけど……」

　……ほ、ほんとだ。

　ごまかすように、苦笑いを返す。

「……何か嫌なことでもあった？」

　春ちゃんは、私の隣に座ってそう聞いてきた。

「え？　……ど、どうして？」

「顔に書いてある」

　顔にって……笑顔を浮かべたつもり、なんだけど……。

「何もないよ」

　もう一度、そう言って笑ってみせる。

　上手に笑えたはずなのに、春ちゃんは顔をしかめた。

「嘘だ。由姫、泣きそうな顔してる」

　……っ。

「……そんな顔してないよ」

「わかるよ。俺、由姫と付き合ってたんだから」

　まっすぐに見つめてくる春ちゃんから、思わず視線を逸らした。

　まるで全部見透かされているような気持ちになる。

「西園寺と何かあった？」

　いきなり図星をついてくる春ちゃんに、びくっと反応し

てしまった。

　どうして、そこまでわかるんだろう……。

　春ちゃん、エスパー……？

「……な、何もない」

「俺でよかったら話聞くよ？」

　優しくそう聞いてくれる春ちゃんに、胸が痛くなる。

　……今は優しく、しないでほしい。

　思った以上に心が弱っているのか、涙が堪えきれなくなりそうだから。

　外に出てくるんじゃなかったな……。

「へ、平気だから……今は、放って置いて欲しい」

　少し言い方がきついかもしれないと思ったけど、今はどうしてもひとりになりたかった。

　蓮さん以外の人に甘えたくなかったし、何より春ちゃんに相談できるような内容じゃない。

　蓮さんが浮気してるかもしれないなんて……そんなこと言ったら、春ちゃんも困ってしまうだろうし、言いたくない。

「……無理」

　春ちゃんが、私と視線を合わせようと、顔を覗き込んでくる。

「こんな状態の由姫、放っておけるわけないよ」

　すっと、一筋の涙がこぼれた。

　あふれ出したらもう止められなくて、瞳からぼろぼろと涙がこぼれだす。

「俺に話してよ」

　やめて春ちゃん……今だけは、ひとりにしてほしい。

　今はもう、不安でいっぱいで……笑顔も、上手に作れないの。

　下唇を噛み締めながら、なんとか泣き止もうとするけど、体が言うことを聞いてくれない。

　ごしごしと、涙を拭いた時だった。

「……おい」

　地を這うような、低い声が辺りに響いたのは。

「何してやがる」

　蓮、さん……？

　顔を上げた先に、静かにキレている蓮さんの姿があった。

　春ちゃんを睨みつけながら、近づいてくる蓮さん。

　……もしかして、誤解されたっ……？

　側から見れば、私たちふたりの状態はまるで春ちゃんが私を泣かせたように映る。

　春ちゃんは全く悪くないのに、勘違いさせてしまった。

　私は慌てて立ち上がって、今にも春ちゃんに殴りかかっていきそうな蓮さんを止めた。

「れ、蓮さん、待ってください……！」

　蓮さんの体にしがみついて、動きを制御する。

「由姫、離せ」

　ど、どうしよう、完全に怒ってる……っ。

「ち、違うんです！　春ちゃんは、私の悩みを聞いてくれてただけで……！」

　そう大きな声で伝えれば、蓮さんがぴたりと止まった。

「……悩み？」

　よかった、止まってくれて……。

　私を見ながら、眉間にしわを寄せている蓮さん。

「……おい」

　ずっと黙っていた春ちゃんが、口を開いた。

「自分が泣かせておいて、何他人のせいにしてんだよ」

　久しぶりに聞く春ちゃんの低い声に、冷や汗が流れる。

　春ちゃんは鋭い眼光を蓮さんに向けていて、その表情から激怒しているのが伝わってきた。

「……あ？」

　蓮さんも春ちゃんを睨み返していて、不穏すぎる空気に思わずごくりと息を飲む。

「自覚もねーのか？　偉そうなことばっか言いやがって、由姫のこと泣かしてんのはどこのどいつだよ」

「は、春ちゃん、やめて……！」

　私が勝手に、泣いてただけだから……っ。

　蓮さんは春ちゃんの言葉の意味が全くわからないと言った様子で、眉をひそめこれでもかと眉間にシワを寄せている。

　これ以上ふたりを同じ空間にいさせたらダメだと思い、私は蓮さんの背中を押した。

「か、帰りましょっか？　春ちゃんも、またね……！」

「由姫、話はまだ……」

「本当に大丈夫……！　心配してくれてありがとうっ……！」

　言いよどんでいる春ちゃんにそう告げて、私は蓮さんを引っ張り寮まで帰った。

　エレベーターに乗って、自分たちの階に行く。

　何を話せばいいかわからなくて、私は言葉が出てこなかった。

　蓮さんも何も聞いてくることはなく、無言のまま部屋に着く。

「それじゃあ、また」

　笑顔で、自分の部屋に帰ろうとすると、蓮さんに腕を掴まれた。

「……帰す訳ないだろ」

　……そう、だよね……。

　あんなところを見られて、自分のせいだと言われて……蓮さんからしたら、さっぱり意味がわからないだろう。

　いや……ほんとに、そうなのかな。

　もし私に後ろめたいことがあるなら、もしかすると気づいてるかも……。

　腕を引かれ、蓮さんの部屋に連行された。

　今は蓮さんと、一緒にいたくないのに……。

　一度ひとりになって、冷静に考えたいっ……。

　そんな私の願いを聞き入れてくれる様子はなく、ごまかすように笑って見せた。

「れ、蓮さん、帰ってくるの早かったんですね！」

　私をじっと見つめる蓮さんの顔は、無表情のまま。

「……由姫」

　いつもより低い声で名前を呼ばれて、びくっとしてしまう。

　蓮さん、怒ってる……？

　不安になったけど、怒っているようには見えない。

　さっきも春ちゃんにキレていたけど、蓮さんが私に怒ることは今まで一度もなかった。

　今も……私を見つめる瞳は、いつもの優しいものだった。

「悩みってなんだ？　何かあったのか？」

　聞かれたくなかった質問に、思わず視線をそらす。

「心配だから、教えてくれ」

　苦しそうな声色で聞いてくる蓮さんに、胸が痛んだ。

　でも……こんなこと、なんて聞けばいいのか……。

　今日、誰といたんですか……？

　女の人と会ってましたか……？

　それとも……浮気したり、してないですか、って……？

　……聞けない。

　聞くのが……怖い……っ。

「あいつには話せて、俺には話せないのか……？」

　何も言わない私にしびれを切らしたのか、急かすように聞いてくる。

「そういう、わけじゃ……」

「じゃあ話してくれ」

「……」

　……聞いたほうが、いいのかな……。

　ずっと気にして、悩むよりは……いっそ、真実を知って

しまったほうが……。
「ごめんなさい、話したく、ないです……」
　考えた末、出てきた返事はそれだった。
　まだ……心の準備ができてない。
　せめて少しだけ、準備をさせてほしいっ……。
「わかった」
　蓮さんの返事に、ほっとしたのもつかの間だった。
「……なんていうと思ったか？」
　え……？
「きゃっ……！」
　蓮さんが、私の体を横抱きに抱えた。
　いわゆるお姫様抱っこの体勢で、リビングに連れていか
れる。
　ソファに私を下ろして、目の前に座った蓮さん。
「由姫はすぐに溜め込むからな。無理矢理にでも吐かせる」
　私に視線を合わせ、心配そうに見つめてくる蓮さんに、
じわりと涙が溢れた。
「なあ、どうした？」
　……蓮、さん……。
　この人が大好きだと思う。
　優しい瞳で私を見つめてくれる、蓮さんが。
　ずっと一緒にいたい。ずっと……。
「何考えてるのか知らねーけど、何かあるなら言え。俺が
全部解決してやる」
　──私だけを、見ていてほしい。

　それは……贅沢な、望みなのかなっ……。

「由姫」

　優しい声で名前を呼ばれ、私は恐る恐る口を開いた。

「蓮さん……今日、誰と会ってましたか……？」

　観念して吐き出した私の言葉に、蓮さんが首を傾げた。

「……今日？　家族に会うって伝えてなかったか？」

　やっぱり、家族……。

「私、この前……蓮さんのスマホに電話がかかってきた時、画面が見えちゃったんです……」

　そこまで話しても、蓮さんは思い当たる節がないのか不思議そうな顔のまま。

「そこに、女の人の名前が映ってて、名字も書かれていて……」

　ようやく、蓮さんが目を見開いた。

　身に覚えがあるその反応に、胸がずきりと痛む。

　やっぱり……そういうこと、だったのかな……。

「それでも、蓮さんが浮気なんてするはずないって思って、けど……」

　信じたかったけど、信じきれなくなってしまった。

　大好きな蓮さんのこと……っ。

「今日、友達から……蓮さんが街で女の人とふたりで歩いてる写真が、送られてきて……」

「……」

「蓮さんのこと信じたいのに、どうしていいかわからなくて……」

　拙い話し方で説明した私を見ながら、蓮さんがため息を吐いた。

　めんどくさそうなそのため息に、また胸が痛む。

　やっぱり……浮気、だった……？

　聞きたく、ないっ……。

「義姉<ruby>（ぎ<rt>ぎ</rt>し<rt>し</rt>）</ruby>」

　耳を塞いでしまいたくなった時、ぼそりと呟かれた言葉。

　私は思わず目を見開いて、蓮さんを見た。

「え？」

「多分義姉だ、それ」

　ぎ、義姉……？


【side蓮】


　せっかくの休日を潰されたことにため息をつきながら、学園へ戻る。

　まだ引きとめられていたが、さすがにこれ以上歩き回るのは面倒で帰ってきた。

　休日はいつも由姫と過ごしているし、できれば由姫といたい。

　学園の敷地内に入って、まっすぐに寮へ向かった。

　……途中、花壇に囲まれた中庭を通り、立ち止まる。

　そう言えば、由姫はここが気に入ってるらしい。

　たまに花を見るのが好きらしく、ぼうっとしたい時に来

ると言っていた。

　花なんか見てもなんとも思わねーけど、由姫が好きなものは大事にしたい。

　珍しく花に見入っていると、奥に誰かいることに気づいた。

　……ん？

　聞き覚えのある男の声が聞こえ、女の影も見えた。

　嫌な予感がして歩み寄ると……そこにいたのは、天王寺と、泣いている由姫。

　──途端に、言葉にしようのない怒りが込み上げた。

「……おい」

　こいつ……。

「何してやがる」

　また、由姫を泣かせたのか……？

　どうしてこんな場所に由姫と天王寺がふたりでいるのかも気になったが、それよりも由姫が泣いているという事実に怒りを抑えられない

　金輪際由姫の前に現れようなんて、思えない顔にしてやる。

　そう思って天王寺に近づいた俺を、由姫が止めた。

「れ、蓮さん、待ってください……！」

「由姫、離せ」

　お前を泣かせたんだ。許すわけないだろ。

「ち、違うんです！　春ちゃんは、私の悩みを聞いてくれてただけで……！」

その言葉に、ぴたりと体が止まる。

「……悩み？」

なんだ、それ……。

泣くほどの悩みを、天王寺に相談してたのか……？

「自分が泣かせておいて、何他人のせいにしてんだよ」

天王寺が、俺を睨んでいる。

泣かせておいて、だと……？

「……あ？」

どういう意味だ……？

由姫は泣いてるのは、俺が原因だって言ってーのか？

「自覚もねーのか？　偉そうなことばっか言いやがって、由姫のこと泣かしてんのはどこのどいつだよ」

天王寺の言葉に、身に覚えはなかった。

ただ、由姫が泣いている理由に俺が関わっていることだけはわかった。

「は、春ちゃん、やめて……！」

今度は、今にも殴りかかってきそうな天王寺を由姫が止めた。

俺の背中を押しながら、寮のほうへ歩かせようとする由姫。

「か、帰りましょっか？　春ちゃんも、またね……！」

「由姫、話はまだ……」

話って、なんだ。

由姫、こいつと何を話してたんだ……？

「本当に大丈夫……！　心配してくれてありがとう！」

　何もかもわからないまま、由姫に引かれ寮に戻る。

　何も喋らない由姫の姿を見ながら、俺は必死に自分の行動を振り返った。

　……何しでかした、俺。

　由姫が泣くなんて、よっぽどだ……。

　しかも、天王寺に相談するとか……。

　全く思い当たる節がなく、疑問は膨らむばかり。

　本人に聞くしかないか……。

「それじゃあ、また」

　無理に作ったような笑顔を浮かべて、自分の部屋に戻っていこうとする由姫。

「……帰す訳ないだろ」

　俺はその細い腕を掴んで、自分の部屋へと入った。

　玄関の扉に由姫を追い詰めて、じっと見つめた。

「……由姫」

　なんで……そんな泣きそうな顔してるんだ……？

「悩みってなんだ？　何かあったのか？」

　自分で気づくべきだと思うが、本当に身に覚えがなさすぎる。

「心配だから、教えてくれ」

　俺の言葉に、由姫は何も言わない。

　それどころか、下唇をきゅっと噛み締めて、ますます口を固く閉ざしてしまった。

　無理に話させるのはかわいそうだが、このまま放っておくと取り返しがつかないことになりそうな気がした。

「あいつには話せて、俺には話せないのか……？」

　俺は悩み事ひとつ話せないほど、頼りないか？

「そういう、わけじゃ……」

　ようやく口を開いた由姫に、ほっとする。

「じゃあ話してくれ」

「……」

　けれどもまた、その口は固く閉ざされてしまった。

「ごめんなさい、話したく、ないです……」

　話したくない、か。

　由姫がここまで拒絶したのは、付き合い始めてから初めてだ。

　よっぽど俺に言いたくないんだろう。

　普段ならこれ以上追求せず、由姫が話してくれるのを待っただろう。

「わかった」

　でも……。

「……なんていうと思ったか？」

　俺は由姫を抱え、リビングに移動する。

「由姫はすぐに溜め込むからな。無理矢理にでも吐かせる」

　絶対に何か誤解があるという確信があったから、今すぐにでも話し合いが必要だと判断した。

　俺が何かしたなら謝る。だから……全部言ってくれ。

　俺じゃない他の男に頼られるとか、死んでも嫌なんだよ。

　由姫が頼るのも甘えるのも、その相手は全部俺がいい。

「なあ、どうした？」

　できるだけ優しい声で、そう聞いた。

「何考えてるのか知らねーけど、何かあるなら言え。俺が全部解決してやる」

　そっと頬に手を添えて、由姫を見つめた。

　不安げな瞳が、俺を映している。

「由姫」

　大丈夫だという意味を込めて名前を呼べば、ようやく由姫は口を開いた。

「蓮さん……今日、誰と会ってましたか……？」

「今日？　家族に会うって伝えてなかったか？」

　昨日、電話を切った後に伝えた記憶はある。

　実際、今日は家族に会っていた。

「私、この前……蓮さんのスマホに電話がかかってきた時、画面が見えちゃったんです……」

　泣きそうな声で、ゆっくりと話す由姫。

「そこに、女の人の名前が映ってて、名字も書かれていて……」

　……そういうことか。

　俺は由姫の言葉に、全てを理解した。

「それでも、蓮さんが浮気なんてするはずないって思って、けど……」

　ついに堪えられなくなったのか、ぽろぽろと涙をこぼし出した由姫。

　その姿がかわいそうで見ていられなくて、自分がこんな顔をさせていると思うと、なおさら申し訳ない気持ちで

いっぱいになった。

「友達から、蓮さんが街で女の人とふたりで歩いてる写真が、送られてきて……」

　どうやら、決定打はそれだったらしい。

　その友達の名前言え、と問いただしてしまいたかったけど、それは後にしておく。

　どうせ、由姫に気がある奴の誰かに決まってる。

　由姫は、目にいっぱい涙をためながら、俺に訴えかけてくる。

「蓮さんのこと信じたいのに、どうしていいかわからなくて……」

　悲しいような、申し訳ないような、いろんな感情が入り混じった由姫の表情に、胸が痛んだ。

　……勘違いさせたのも無理はない。

　俺が浮気をしたと思って、泣いてたのか……。

　疑われたなんて思わないし、今回は完全に俺に非があった。

　自分自身に呆れて、ため息がこぼれた。

　由姫の不安を一刻も早く取り除いてやりたくて、口を開く。

「義姉」

「え？」

「多分義姉だ、それ」

　俺の答えに、由姫はただでさえでかい目をまんまると見開いた。

「そういえば言ってなかったけど、俺の親、離婚してんだよ」

いつか話そうと思っていたのに、忘れていた。

こんな重い話をするのも困らせるかと思って、ずっと言えずにいたんだ。

先に言っておけばこんなことにもならなかったのにと、過去の行動を悔やむ。

「その写真に写ってた女は、多分母親の再婚相手の娘。ちなみに、既婚者だぞ」

とっくに結婚しているし、こっちも向こうもお互いに恋愛感情なんか一切ないしあったこともない。

つーか、会ったのも2回目だ。

……むこうは弟が欲しかったらしく、気持ち悪いくらい弟扱いしてくるが……俺は鬱陶しいから適当にあしらっている。

「そいつと待ち合わせてから、母親たちと合流した。今日は本気で家族といた。……あ、証拠ならあるぞ」

母親から頼んでもいない写真が送られてきていたのを思い出して、スマホを開く。

……あった。

勝手に撮られていた今日の写真を、由姫に見せた。

由姫は、驚きすぎて涙が止まったのか、ぽかんとしている。

……かわいいな。……って、思ってる場合じゃない。

「紛らわしくて悪かったな。由姫が誤解するのも無理ない」

何も知らない人間から見れば、俺と義姉の姿は男女の関

係に見えなくもない。

　写真を見せられた由姫が、勘違いするのも当然だ。

　ようやく理解したのか、由姫の表情がみるみるうちに曇っていった。

　さっき以上に目に涙を溜めて、俺を見つめてくる。

　その表情は、罪悪感に苛まれているように見えた。

「ごめんなさい……私……」

　由姫が自分を責める必要はない。疑われるようなことをした俺が悪いから。

「謝る必要ない。俺のほうこそ、気づいてやれなくて悪かった」

　そう言って、華奢な体を抱き寄せた。由姫が思いつめないように、優しく背中を撫でる。

「由姫がそういうことに敏感になってんの、知ってたくせに……ごめんな」

　天王寺の一件があったから、なおさら気になってしまったんだろう。

　浮気されたことが由姫の中で、トラウマになっていたのも知っていたのに……俺はバカだ。

「私、蓮さんのこと疑って……最低、です……っ」

　俺の体を跳ね除けようとしている由姫。離してやらねーよ。

　俺は一層力を込めて、由姫を抱きしめた。

「そんなこと思わなくていい。今回のことは、全部俺が悪かった」

　俺のせいにしてくれて構わないのに、由姫はごめんなさいと何度も繰り返して泣いている。
「由姫のこと泣かせないっつったのに、泣かせた俺が全部悪い。だから、謝るな」
「でも……っ」
「誤解が解けたなら、それでいい」
　そんなしょーもないことで怒ったりしねーから。
　だからもう、泣かないでくれ。
「他に不安なことはあるか？」
　優しくそう聞けば、由姫は首を横に振った。
「そうか……よかった」
　安心して、笑みがこぼれる。
　由姫が落ち着くまで、優しく背中を撫で続けた。
　泣いている由姫の姿に、罪悪感がこみ上げる。
　……もう絶対、誤解させないようにしねーとな……。
　改めて、そう誓った。
　でも……。
　浮気したと誤解して、ここまで弱っている由姫の姿を見れたのは……最低だが、少し嬉しい。
　普段、由姫は嫉妬なんかしねーから、こんな時だけど愛されてることを実感した。
　かわいい……。
　少しして、由姫が泣き止んだ。
　頬に残っている涙を拭って、由姫を見つめる。
「もう止まったか？」

「はいっ……」

　由姫は申しわけなさそうに眉の端を下げながら、俺を見つめ返してくる。

「言いにくいことまで言わせちゃって……すみませんでした……」

　言いにくいこと……？　あー、離婚のことか。

「別に言いにくいことなんかじゃねーよ。由姫には言おうって思ってた。タイミング逃してただけで」

　世間一般的にどう扱うのが普通かは知らねーけど、俺はなんとも思ってない。

　……いや、違うな。"今は"なんとも思ってない。

「俺の母親、男作って出て行ったんだよ。今はそいつと結婚して子供もいる。一人っ子だっつったけど、義理の姉弟は3人いる」

　話し出した俺を、由姫は黙って見つめていた。

「俺、今まで母親と会うのは避けてた」

　こんな話をすんのもだせーかと思ったけど、由姫には聞いてほしい。

「興味がないからって自分に言い聞かせてたけど、最近気付いたんだ。俺はあいつのこと、恨んでたんだって」

　多分、最近まではそんな感じだったと思う。

　定期的に贈り物をしてくる母親のことを心底うざいと思っていたし、贈り物も全部捨てていた。

「男作って出て行った母親のこと、ずっと恨んでた。都合のいい時だけ母親面してんじゃねーぞって」

　……ガキだったと思う。

「でも……由姫に出会って、考え方が変わった」

　俺の言葉に、由姫が「え？」と首をかしげる。

　その仕草がかわいくて、口元が緩んだ。

　ガキでめんどくさくて、どうしようもない俺を……お前が変えたんだ。

「腐ってもあいつは俺の親なんだなってやっと気づいた。今日会って気づいたけど、俺はもう母親のこと恨んでもない。こんなふうに思えたのは、由姫のおかげだ」

「私は、何も……」

　由姫は首を振るけど、由姫のおかげでしかない。

　いつも楽しそうに家族の話をする由姫を見て、家族に対する価値観が変わった。

　仲良しこよしなんかするつもりはねーけど……最低限、受けた恩は返さねーとと思う。

「今度恋人も紹介しろ、だと。会ってくれるか？」

　俺の言葉に、由姫はこくこくと頷いた。

「はいっ……！」

　嬉しそうな笑顔を見て、心底安心した。

　よかった……この笑顔が戻って。

　もう、泣いてるところは見たくない。

　それに、余計な誤解をさせてしまったせいで……天王寺に泣き顔を見られたのも最悪だ。

「今度からは、少しでも不安があれば俺に言えよ。天王寺のこと、殴り殺してやろうかと思った」

　そう言った俺に、由姫がハッとした様子で口を開いた。
「あの、春ちゃんには、何も言ってません……！　ただ、あのベンチで座っていたら、たまたま通りかかって、心配してくれただけで……」
　……ああ、そうだったのか。
「そうか」
　はぁ……と、安堵の息を吐いた。
　よかった……由姫があいつを頼ったわけじゃなくて。
　俺よりあいつを頼ったという事実に、内心へこんでいたから。
　偶然だと聞いて、ほっとした。
「私も、蓮さんのこと不安にさせてごめんなさいっ……」
　由姫が謝る必要なんて、ひとつもないが、俺のことを気遣ってくれているのは純粋に嬉しかった。
「仲直りするか？」
「はいっ……」
　目尻を下げ、安心しきった笑顔を浮かべている由姫がかわいくて仕方ない。
　……俺はこんなにも、由姫に溺れてる。
「由姫」
「はい？」
「俺は死んでも他の女に浮ついたりしねーからな」
　由姫が俺が浮気をしたと誤解した原因のひとつに、俺の愛が伝わっていなかったことも含まれていると思う。
　これからは、そんな心配をさせないくらい甘やかして、

伝えていかねーと……。

「約束する。俺を信じろ」

　俺の頭の中は、由姫で埋め尽くされてるってこと、分からせてやらないとな。

「私もです」

「……ん？」

　顔を赤らめながら、由姫が俺をじっと見つめてくる。

「蓮さんしか見えませんっ……」

　……っ。

　不意打ちの言葉に、思わずごくりと喉がなった。

「大好き……」

　追い討ちをかけるようにそう言って、ぎゅっと抱きついてくる由姫。

　……かわいすぎんのも、ほどほどにしてくれ……。

　あー……俺の心臓が持たない。

　由姫のかわいさにやられた俺は、由姫の腕を解いて、ソファに押し倒した。

「えっ……？」

　驚いている由姫の額に手を当てて、髪をかきあげる。

「れ、蓮さん……？」

「仲直りのキス、な」

　額に軽くキスをした後、唇に口付けた。

　俺が浮気なんて、万が一にもありえない。

　こんなかわいい恋人がいて、他に目移りできるわけねーだろ……。

　顔を真っ赤にしている由姫に、俺は貪るようなキスをした。

## 「かわいい」禁止令

　いつも、夜まで蓮さんの部屋で一緒に過ごすことが多い。

　隣の部屋同士だから、いわゆるほとんど同居している状態と変わらないくらい。

　ご飯もいつも一緒に食べているし、最近は蓮さんの部屋の冷蔵庫に食材を保存しているくらいには、どっちが自分の部屋なのかわからなくなってきた。


　朝。目が覚めて、真っ先に視界に飛び込んできた、蓮さんの顔。

「おはよ」

　あっ……そうだ、昨日蓮さんの部屋で眠ってしまったんだった。

　ベッドまで運んでくれたのかな……それにしても、朝から眩しいっ……。

　窓から差し込んでくる日差しではなく、蓮さんが。

「……今日もかわいいな」

　私を見ながら、寝起きの人間には刺激の強すぎる笑顔を浮かべた蓮さん。

　かわいいって……こ、こんな寝起きの顔、かわいいはずないのにっ……。

　蓮さんは、かわいいが口癖だ。

　何かにつけてかわいいと言ってくれて、何か別のもので

も見えているんじゃないかと、最近は心配している。

　それにしても、見苦しい寝顔を見せてしまった……。蓮さんから見えないように、慌てて顔を隠した。

「どうして隠すんだ？」

「お、お見苦しいと思って」

「見苦しい？　どういう意味だ……？　由姫はいつもかわいいぞ」

　ま、またさらっとそんなことをっ……。

　かわいいと言ってくれるのは嬉しいけど……今は素直に喜べない。

　これ以上ぼさぼさでだらしない寝起きを見られたくなくて、慌てて起き上がった。

「もう起きるのか？」

「は、はい」

「そうか……俺も、支度する」

　今日は、デートの約束をしていた。

　特に行き先は決まっていないけれど、外をゆっくり散歩したり、買い物をする予定。

　私も早速支度をしようと、洗面室に移動する。

　服を取りに、一旦自分の部屋へと戻った。

　どんな服にしようかな……。

　鏡の前で、何度も服を合わせる。

　……よし、これでいいやっ。

　今日はシンプルに、ロングスカートとお気に入りのシャツを合わせた。

　髪型は……たまにはツインテールにしてみようかな。

　位置は低めに、髪を結ぶ。

　似合っているか不安になったけど、蓮さんの家へと戻った。

　歯を磨いている蓮さんが、私を見た。

「蓮さん、髪型変じゃないですか？」

　見えやすいように後ろを向いてそう聞くと、真顔で返事がくる。

「かわいいぞ」

　かっ……ほ、ほんとかなぁ。

「これとこれ……どっちがいいと思いますか？」

　アウターも悩んでいたから、ふたつを合わせて聞いてみた。

「どっちでもかわいい」

「し、真剣に答えてくださいっ……！」

　蓮さん、最近特に「かわいい」が口癖になってる気がする……。

「……真剣に答えてる」

　言葉通り、いたって真面目な顔をしている蓮さん。

「どっちもかわいいぞ。由姫は何着てもかわいいな」

　う、嬉しいけど……。

「も、もう……かわいいは禁止ですっ……」

「え？」

「かわいいって言うの、禁止です……！」

　恥ずかしくて、たまらなくなるからっ……！

　私の言葉に、蓮さんはあからさまにしょんぼりとした顔になった。

　うっ……か、かわいいっ……。でも、そんな顔してもダメっ……。

「……そうか。言ったらどうなるんだ？」

「む、無視、します……！」

　さすがにそんなひどいことはしないけど……蓮さんが言わないように、条件をつけた。

「……それは困るな」

　本気で困った様子の蓮さんに、言い過ぎちゃったかな……と反省する。

　けれど、効果は覿面だったようで、その日から蓮さんは「かわいい」と口にしなくなった。


　私から、かわいいは禁止とは言ったものの……。

　もう1週間くらい、蓮さんからかわいいと言ってもらえていない。

　心臓に悪い「かわいい」がなくなったから、最初のうちは安心していたけど……。

　だんだん、不安になってきた自分がいた。

　蓮さんのかわいいは、「好き」って意味がこもっているような気がしていたから、それがなくなって……どうしようもなく、不安な気持ちが募っていく。

　なんてわがままなんだろう……自分から、言わないでって言ったくせに……。

　でも、今更やっぱり言ってくださいなんて言うのは恥ず
かしい……。

　……よし、こうなったら、頑張って蓮さんに「かわいい」っ
て言わせよう……！


　夜。蓮さんの部屋で過ごしていた。

　ソファに座っている蓮さんの隣に座って、ぎゅっと抱き
つく。

「由姫？　……どうした？」

「えっと……ぎゅーってしたくなりました……」

　まず作戦1は、甘えてみる作戦だ。

　抱きついて、じっと蓮さんを見つめてみる。

　すると、蓮さんはなぜか困ったように、視線を逸らした。

「……そうか」

　えっ……。

「……い、嫌でしたか？」

　嫌がられたかなと不安になり、首をかしげる。

「嫌なわけないだろ」

　その返事にほっとしたけど、結局「かわいい」とは言っ
てもらえず、少し落ち込んだ。

　こんな甘い作戦じゃダメかぁ……。

　うー……どうしたらかわいいって思ってくれるだろう。

　悩んでもいい答えが出ず、蓮さんに頬をすり寄せた。

「今度はどうした？」

「い、いえ……」

よし、次の作戦に行こう……！

立ち上がって、一旦部屋に戻る。

作戦２はベタな方法で行こう。その名も、「似合ってる？」作戦！

私がおしゃれをしてそう聞いた時、蓮さんは大概「かわいい」と答えてくれていた。

とにかく「かわいい」の四文字さえもらえればそれでいい……！

どこに行くわけでもないのに、髪型をいつもはしないポニーテールにして、新しく買った部屋着を着て蓮さんの部屋に戻る。

「蓮さん、この髪型どうですか？」

私の質問に、蓮さんは少しの間じっ……と固まったあと、また気まずそうに目を逸らした。

「……いいと思うぞ。似合ってる」

「へ、部屋着もどうですか？　似合ってますか……？」

「……ああ、似合ってる」

う……蓮さん、手強い……。

「蓮さんはどういう服が好きですか？」

「……なんでも似合うと思うぞ」

そんな曖昧な答えに、肩を落とす。

こうなったら……最後の作戦……！

「由姫、そろそろ寝る時間だろ」

そう言った蓮さんに近づいて、ぎゅっと腕に抱きつく。

「今日は……一緒に眠りたいです」

　こんなこと言うの、恥ずかしいけど……。

「……ダメ、ですか？」

　蓮さんに、「かわいい」って言ってもらいたい。

　蓮さんに愛されてるって、実感したい……。

「じゃあもう寝るか？」

　いつもなら抱きしめ返してくれたり、キスを贈ってくれるのに……蓮さんはそれだけ言って、私の頭をぽんっと叩いた。

「は、い……」

　ふたりでベッドに入って、横になる。

　いつもならぎゅっと抱きしめて、腕枕をしてくれるのに、蓮さんは私と少し距離をとって、背中を向けた。

　寂しくて、悲しくて、じわりと視界が滲む。

「蓮さんっ……」

　私は耐えきれずに、広い背中に抱きついた。

「由姫……？」

「あの……」

　私があんなこと言ったから、もしかしたら呆れちゃったのかな……。

　自分から言ったくせに、こんな不安になって……なんてわがままな女なんだろうっ……。

　蓮さんに呆れられたって、無理ない……。

「泣いてるのか……？　どうした？」

「わ、私が、無視するなんて言ったからですか……？」

「……ん？」

　私の言葉に、蓮さんはきょとんと呆けた顔をした。


【side蓮】


　由姫と眠った日の朝。

　最近、不眠が全快したと言っていいほど治り、深い睡眠をとれるようになった。

　これも全部、由姫のおかげだろう。

　特に、由姫が隣にいる日はぐっすりと眠れる。

　……まあ、由姫が隣で寝てる時は、いろんな意味で我慢してるけどな……。

　いつも、起きるのは俺が先。

　由姫が朝に弱いとかそういうわけじゃなく、いつも由姫より先に起きて、その寝顔を見つめるのが俺の楽しみだった。

　本気で天使かと思うほど綺麗な寝顔に、今日も見惚れる。

　いつまでも見ていたいが、そうもいかない。

　目が覚めたのか、由姫がゆっくりと目を開いた。

「おはよ」

　まだ眠そうだ。

　俺に見られていたことに気づいた由姫が、驚いた表情をして顔を真っ赤にさせた。

　毎回のことなのに、見られるのが慣れないらしい。

「……今日もかわいいな」

　赤くなっている由姫にそういえば、ますます頬の赤みが濃くなった。


　今日は出かける約束をしているから、由姫は起きてからせっせと支度を始めた。

　俺も、着替えて髪だけ少し整える。

　女の支度は長いとよく聞くが、由姫はそれほど長くない。

　かわいらしい髪型にセットした由姫が現れ、不安そうに聞いてきた。

「蓮さん、髪型変じゃないですか？」

「かわいいぞ」

　素直な感想を口にする。

　由姫はどんな髪型でも似合う。変なわけがない。

「これとこれ……どっちがいいと思いますか？」

　今度はふたつの服を合わせながら、そう聞いてくる。

「どっちでもかわいい」

　由姫は何を着ても似合う。

「し、真剣に答えてくださいっ……！」

　真面目に答えているつもりが、何が由姫の気に触ったのか怒っている様子で頬を膨らませた由姫。

　どうして怒られているのかはわからないが、怒っている姿もかわいい。

「……真剣に答えてる」

　俺の返事に、由姫は不満そうにしている。

「どっちもかわいいぞ。由姫は何着てもかわいいな」

「も、もう……かわいいは禁止ですっ……」

「え？」

「かわいいって言うの、禁止です……！」

　かわいいが、禁止……？

　……いや、待ってくれ。四六時中かわいいと思っているのに、それを口に出すなってことか……？

「……そうか。言ったらどうなるんだ？」

「む、無視、します……！」

　無視……。

　由姫に無視をされることを想像するだけで、ぞっとした。

「……それは困るな」

　普段温厚な由姫がこんなことを言うということは……相当「かわいい」と言われることが嫌だったんだろう。

　知らなかった……。言いすぎて、鬱陶しいと思われたのかもしれない。

　由姫に嫌われることだけは何があっても避けたい俺は、由姫の申し出を受け入れた。


　……と言っても、「かわいい」と口に出せないのはなかなかに苦痛だった。

　何をしてもかわいい由姫と一緒にいると、ついその言葉が溢れてしまいそうになる。

　その度にぐっとこらえて……もう禁止生活が始まってから1週間経つが、その間に何度その言葉を飲み込んだか数えきれない。

　その日も、悶々としながらふたりで俺の部屋で過ごして
いた。

　俺の隣に座った由姫が、突然抱きついてくる。

「由姫？　……どうした？」

「えへへ……ぎゅーってしたくなりました」

　……っ。

　かわ……いいは、禁止だったな……。

「……そうか」

　ぐっとこらえて、由姫から視線をそらす。

　見つめていたら、勝手にその言葉が口から漏れてしまい
そうだったから。

「……い、嫌でしたか？」

「嫌なわけないだろ」

　由姫に嫌われたくないから、無視されるのは嫌だから、
我慢してるだけだ。

　だから、あまり俺を煽らないでくれ。

　そう思ったのに、今度は頬をすり寄せてきた由姫。

「今度はどうした？」

「い、いえ……」

　かわいいことこの上ないが、今はやめてくれ……。

　ひとりになって頭を冷やしたいと思った時、由姫が突然
立ち上がり部屋を出て行った。

　何をしに行ったのかはわからないが、ほっと安堵の息を
吐く。

　……のもつかの間、すぐに戻ってきた由姫。

　しかも、何やら先ほどよりもかわいさが増していた。

「蓮さん、この髪型どうですか？」

　……かわいい。きっと世界で一番その髪型が似合ってる。

　なんて、言えないな。

「……いいと思うぞ。似合ってる」

「見てくださいっ、新しい部屋着です！」

　くるりと、かわいらしく回った由姫。

　……ありえないくらいかわいいぞ。という言葉を、ぐっと飲み込む。

「……ああ、似合ってる」

　由姫は俺の返事に、なぜか悲しそうに眉の端を下げた。

　……どうしてそんな顔をするんだ……？

「蓮さんはどういう服が好きですか？」

「……なんでも似合うと思うぞ」

　服の好みなんか特にないが、由姫が着ていたらなんでもかわいいと思う。

　……かわいいを口にしないのも、そろそろ限界そうだ。

　ただでさえ言い足りないくらいだったが、今はもう自分の中でその感情を持て余しすぎて爆発しそうになっている。

「由姫、そろそろ寝る時間だろ」

　今日はもうひとりになったほうがいいと思い、そう言って由姫の頭を撫でた。

「今日は……一緒に眠りたいです……ダメ、ですか？」

　……っ。

　甘えるように見つめてくる由姫が、小悪魔に見えた。

　かわいいと言うなと言いながら、かわいいことばかりしてくる……卑怯だ。

　そんなこと、由姫には言えやしないけど。惚れた弱みってやつか……。

「じゃあもう寝るか？」

「は、い……」

　……ん？

　元気がない由姫の姿を、不思議に思う。

　どうした……？　眠いだけか……？

　ベッドに入り、ふたりで横になる。

　いつもなら向かい合うか、抱きしめたまま眠りにつくが、今日は背を向けた。

　由姫の顔を見たら、禁止されている言葉が出てしまうだろうから。

「蓮さん……」

　ぎゅっと、後ろから抱きついてきた由姫。

　今度はどうした……と思ったが、俺の名前を呼ぶ声が泣いているように聞こえた。

「由姫……？」

「あの……」

「泣いてるのか……？　どうした？」

　慌てて振り返ると、由姫は目に涙をいっぱいため、俺を見ていた。

　涙のわけがわからず、戸惑う。

　っ、どうしたんだ……？

「わ、私が、無視するなんて言ったからですか……？」

「……ん？」

「自分からダメって言ったのに、ごめんなさいっ……蓮さんにかわいいって、思ってもらいたいですっ……」

　ぽろぽろと涙を流す由姫に、俺の中の何かがぶちっと切れた音が響いた。

「四六時中思ってるって、何回も言っただろ」

　たまらずに抱き寄せ、泣いている由姫の頭を撫でる。

「あー……もういいのか？　無視しないか？」

　俺も、我慢しなくていいってことか……？

「しませんっ……」

　由姫の言葉に安心して、安堵の息を吐いた。

　……マジで、拷問だった。

「かわいいって言葉にできないだけで、辛かった」

　自分がどれだけ由姫をかわいがっているのか、改めて痛感させられた気がする。

「ただでさえ頭ん中パンクしそうなんだよ。吐き出させてくれ」

　じゃねーと、マジで爆発するから……。

　俺の胸の中で、しくしく泣いている由姫。

　俺がかわいいと言わなかったことが逆に不安だったらしく、その天邪鬼ささえも愛おしくなった。

「世界一かわいいと思ってるから、不安に思う必要なんかねぇぞ」

「そ、それは言い過ぎです……」

　言い過ぎなわけあるか……。

「由姫以外にかわいいもんなんかねぇよ……」

　俺の言葉に、由姫は恥ずかしそうな表情をしている。

　でも、どこか嬉しがっているようにも見えた。

「もっと、かわいがってください……」

　言われなくても、そのつもりだ。

「死ぬまでかわいがってやる」

　我慢していた分由姫をかわいがって、いつものように抱きしめたまま眠りについた。

　翌日、「かわいい」禁止令は今後発令しないと約束をさせた。

## 甘い夜

　鏡の前でくるりと回って、自分の姿を確認する。

　服装よし、メイクよし、髪型よしっ。

「うん、合格……！」

　今日は、蓮さんとのデートの日。

　ずっと楽しみにしていた、待ちに待った日だ。

　西園寺学園では、クリスマスもクリスマスイブも授業が
ある。

　27日の今日から、ようやく冬休みに突入した。

　学校があってクリスマスにどこか行けなかった代わり
に、今日デートをしようと蓮さんが提案してくれて、今日
になった。

　めいいっぱいオシャレをして、蓮さんの準備が出来るの
を待つ。

　——ピンポーン。

　あっ……！　蓮さんだっ……！

　私はすぐに玄関へ走って、扉を開けた。

　私服姿の蓮さんに、笑顔を向ける。

「おはようございます、蓮さん……！」

　……あれ？

　なぜか蓮さんは、私を見つめたままじっと動かなくなっ
てしまった。

「……どうしたんですか？」

　心配になって蓮さんの顔の前で手を振ると、突然ぎゅっと抱き寄せられた。

　れ、蓮さん……？

「急にかわいい生き物が現れたから、ビビった」

「えっ……」

　か、かわいい生き物ってっ……。

　恥ずかしいことを言う蓮さんに、顔が熱くなる。

　でも、褒めてもらえて、よかったっ……。

「頑張っておしゃれしてみたので、嬉しいですっ……」

　素直にそういえば、蓮さんはまた「かわいいな」と何やら苦しそうに呟いた。

　ど、どうして苦しそうなんだろう……？

　抱きしめる腕を解いて、蓮さんが私の手を握る。

「それじゃあ、行くか」

「はいっ」

　手を繋いで、寮を出る。私たちにとっての、クリスマスデートが始まった。


　蓮さんが車を用意してくれて、目的地に向かう。

「今日、すごく楽しみです……！」

　車の中でそういえば、蓮さんも微笑んでくれた。

「俺もだ」

　よしよしと頭を撫でられ、笑みがこぼれて仕方なかった。

　まだ目的地についてないのに、楽しいっ……。

　蓮さんとなら、どこにいたって何をしていたって、きっ

と楽しんだろうなぁ。

　蓮さんを見つめながら、そんなことを思った。


　目的地に着いて、中に入る。

「水族館でよかったのか……？」

　そう聞いてくる蓮さんに、笑顔で頷いた。

「はい……！　ずっと行ってみたかったんです……！」

　今日のデート地は、水族館。

　最近リニューアルしたらしく、行ってみたいと思っていた場所。

　わ～、綺麗……！

　水槽（すいそう）のトンネルに入って、私は視線をあちこちに走らせた。

　水族館なんて小学生の時以来だけど……すごく楽しいっ……！

　ライトアップされた水槽や、イルカショー。私たちはひとつずつメインの場所を回って、水族館を満喫する。

　小さな海の生き物コーナーという場所があり、私は水槽にへばりつくように見入った。

　小さいっ……！　かわいいっ……！

「蓮さん見てください……！」

　クリオネを見つけて、蓮さんを見ながら指を差す。

「かわいいですね……！」

「そうだな」

　じっと私を見ながら、返事をした蓮さん。

え、えっと……クリオネを見て欲しいんですけど……。

「れ、蓮さん、見てますか……？」

「よくわからねー生き物より、由姫見てるほうが楽しい」

　嬉しそうに蓮さんが話すから、私が恥ずかしくて視線を逸らした。

　そんな甘い眼差しで見つめられると、どうしていいかわからなくなるっ……。

「み、見ないでくださいっ……」

　私なんて見ても、何も楽しくないだろうにっ……。

　そう思うのに、蓮さんはそれ以降もずっと私のことを見ていて、水族館の生き物たちの気持ちになった。


　全て見終わって、館内から出る。

　出口のところに、野外スケート場が設置されていた。

「スケートだ……！」

　楽しそうだなぁ……。

「滑ったことあるのか？」

「いえ、ありません」

「するか？」

　蓮さんの言葉に、目を輝かせた。

「いいんですか……！」

　一度滑ってみたいと思っていたから、私は小さな子供のごとく喜んだ。


　スケート靴に履き替えて、氷のリンクの上に立つ。

「きゃっ……！」

　全然うまく滑れなくて、早速転びそうになった。

　……時、蓮さんが受け止めてくれた。

「あ、ありがとうございますっ……」

　こ、怖かったっ……！

　スケートって、難しいんだなぁ。

　でも、滑れたらすごく気持ち良さそうっ……。

　なんとか滑れるようになろうと、練習する。

　そんな私に付き添ってくれる蓮さんは、経験者のように軽々と滑っていた。

「蓮さん、したことあるんですか？」

　なんでも出来るのは知っているけど、まさかスケートまでできるなんて……。

「いや、スケートはない。スケボとスノボやってたからか、なんとなく滑れる」

　蓮さんの言葉に、私は勢いよく反応した。

「スノボ……！　蓮さんが滑ってるところ、見てみたいです……！」

　絶対にかっこいい。見なくても、そう断言できた。

　私はスキーを何度かしたことがある程度の素人だけど、蓮さんが滑ってるところをただ見てみたい。

　スノーボードに乗れるなんて、かっこいいなぁ……。

「今度ゲレンデ行くか？」

「行きたいです……！」

　また蓮さんとの予定が増えて、嬉しくなった。

　蓮さんに両手を握ってもらって、その後も練習に励む。

「……いいなこれ。堂々と手ぇ繋げて」

「……っ」

　突然そんな発言をする蓮さんに、恥ずかしくなったのは言うまでもない。

　確かに、こんな公衆の面前で……。

「真っ赤だぞ。寒いか？」

　そう聞いてくる蓮さんの顔は、いつもの優しい表情ではなかった。にやりと口角をあげ、私の反応を楽しんでいるように見える。

「蓮さんの意地悪……」

　絶対に、寒いからじゃないってわかってるのにっ……。

「かわいいな」

「も、もう、からかわないでくださいっ……」

「からかってない。でも……俺以外に見せたくないから、かわいい顔はやめろ」

　か、かわいい顔って……そんなのしてないのにっ……。

　いつにも増して甘い蓮さんに、タジタジになってスケートの練習どころではなくなってしまった。


　はぁ……今日はすごく楽しかったっ……。

　遊び尽くして、晩御飯を食べて……楽しい思い出がまた刻まれた。

「そろそろ帰るか？」

「はいっ……」

　寂しい気持ちもあるけど、もう時刻は夜の8時だ。そろそろ帰らないと、学校の門も閉まってしまう。

　また、デートしたいなぁ……。

　レストランを出て、寮に帰るため車が停まっている場所まで歩く。

　……あれ？

　途中、あることに気づいた。

「混んでるな……」

　蓮さんも同じことを思ったのか、渋滞を見て顔をしかめている。

　車に乗ると、運転手さんが言いづらそうにしながら口を開いた。

「すみません、事故があったらしく、渋滞しているみたいで……学園に着くまでに、何時間かかるか……」

　えっ……だから渋滞してたんだっ……。

　でも、渋滞はどうにもできないし、仕方ないよね。

　運転手さんにも、送ってもらって申し訳ないな……。

　蓮さんが、無言のまま何か考えるように視線を下に向けていた。

「俺の家行くか？」

「えっ……」

　俺の、家……？　って、蓮さんのお家？

「この近くにある。渋滞と反対方向だから、すぐに着くだろ」

「はい、自宅には20分かからないかと……」

「由姫がいいなら、泊まって行くか？」

　突然の提案に、私は戸惑いを隠せない。

　れ、蓮さんのご実家なんて……お邪魔してもいいのかなっ……。

　こんな、何も用意ができてないのにっ……。

「でも、お父さんは……」

「親父は今海外にいるからいない。誰もいないから、気にしなくていいぞ」

　正直、蓮さんのお家には興味があった。

　蓮さんがどんな環境で育ってきたのか……気になるから。

「それじゃあ……おじゃましてもいいですか……？」

　そう返事をしたけど、すぐにハッと冷静になる。

　待って。誰もいないってことは……。

　蓮さんと、ふたりきりってこと、だよね……？

「じゃあ行くか。悪い、家のほうに向かってくれ」

「かしこまりました」

　ど、どうしよう、何の気なしに返事をしてしまったけど……。

　蓮さんの家に着くまでの間、私は内心心臓が飛び出してしまいそうなほどドキドキしていた。

【side蓮】

　予想外のトラブルが起きたとはいえ、早まったか……。

　デート帰り、渋滞が起きていて急遽俺の家に行くことにした。

　……が、改めて考えると、自分の首を絞めるような行動をしてしまったことに気づいた。

　使用人がいるとはいえ、実質由姫とふたりきり。

　寮では、万が一だが誰かが入ってくる危険性もあるから、さすがに自制心も働くけど……自分の家でふたりとか、生殺しでしかないだろう。

　由姫のペースに合わせるつもりだし、邪なことは考えていないが、今日も眠れない夜になりそうだ。

　久しぶりに見る家を前に、懐かしむ余裕もない。

「す、すごいですね……！」

　隣にいる由姫は、家を見るなり驚愕していた。

「お家って、いうより、お屋敷って感じがします……」

「そうか？」

　生まれた時からこの家で育ったから、よくわからない。

　それに、舜や滝、南の家もこのくらいだ。

「おかえりなさいませ、蓮様」

　使用人に迎えられ、玄関をくぐった。

　由姫はずっとビクビクしていて、珍しい姿に笑みがこぼれる。

　かわいいな。今日はもう、何度そう思ったか数えきれない。

　俺の部屋に着いて、中に入る。

「蓮さんの部屋、広すぎますっ……」

　また驚いているのか、由姫は部屋を眺めながら大きく目を見開いていた。

　部屋って、このくらいじゃねーのか……。

「確かに、寮の部屋よりは広いだろうな」

　学園では中等部から強制的に寮生活になるが、初めて部屋に入った時は驚いた。狭すぎて。

　最近はもう慣れたから、あの程度の広さでも暮らせるってわかったけど……。

　ソファに座るように言えば、由姫はゆっくりと腰を下ろした。

　俺も、その隣に座る。

「そ、そわそわしますね」

「落ち着かないか？」

「そういうわけじゃなくて……」

　何やら恥ずかしそうに、声を小さくした由姫。

「好きな人の部屋なのでっ……」

　……なんだそれ。かわいいな、くそ。

　あー……由姫と一緒にいられるのは嬉しいけど、同時に辛くもある。

　好きな女がこんなに近くにいて、こんなにかわいいことを言ってきて……我慢するなんて、拷問だ。

　今日は由姫をこの部屋に寝かせて、俺は別の部屋で寝るか……。

　そうでもしないと、我慢できる自信がない。

「連れてきてくれて、嬉しいです」

　ほらまた……こんなふうに、無防備に笑う。
「蓮さんがどんなふうに育ったのかとか、知りたかったの
で……」
　本当に嬉しそうに笑う由姫の笑顔に、どくりと心臓が音
を鳴らした。
　いちいちかわいいな……。
　家に来ただけで、こんなに嬉しそうにしてくれるとは思
わなかった。
「母親が出て行ってからは、ほとんどここでひとり暮らし
状態だった。使用人はいたけどな。親父はあんまり帰って
こねーし」
　由姫が知りたいと言ってくれるなら、いくらでも話す。
　俺の人生なんて、話すほどのもんでもねーけどな……。
「そうなんですね……」
　少し、悲しそうに眉の端を下げた由姫。
「寂しかった、ですか？」
　もしかして、心配してくれてるのか……？
　由姫の気持ちは嬉しいけど、俺自身が気にしてないから
平気だ。
「いや、それはない。……つーか、あんまり寂しいとかい
う感情がないな」
　昔から、感情が乏しかったというか、寂しいとか嬉しい
とか悲しいとか、よくわからなかった。
　そういえば……そういう感情を本当の意味で理解したの
は、由姫と出会ってからだな。

　俺の人生は、由姫と出会って始まったようなもんだ。

「そうなんですね……」

　俺をじっと見ながら、呟いた由姫。

　そして次の瞬間、由姫は唐突な行動に出た。

　俺の体をそっと倒して、自分の膝に頭を乗せた。

　いわゆる、膝枕というやつ。

「……っ、どうした……？」

　急なことに、情けないくらい焦った声が漏れた。

　いや、普通焦るだろ、急に……。嫌なわけはないけど、この体勢は……。

　由姫の柔らかい膝の感触に、心臓がばくばくと音を立てた。

　中学生かよ……。と、自分自身に突っ込みたくなるほど、内心焦りまくりだ。

「なんだか、蓮さんのこと甘やかしたくなりました」

　え……？

　由姫の顔を見ると、愛おしいものを見つめるように、俺を見ていた。

「これからは……私がずっと、そばにいます」

　今の感情を幸せと呼ぶことを、俺は知っている。

　これも、由姫が教えてくれた感情。

　……甘やかされるのも、由姫になら悪くない。

「……由姫がいなくなったら、寂しくなるな」

「ふふっ、いなくなりません」

「ああ、そばにいてくれ……」

　心のそこから、そう願った。

　俺はもう……由姫がいない生活には戻れない。

　あー……ダメだ、このままだと変な気分になる。

　膝枕とやらは、素直に最高だが……これ以上このままでいるのはまずい気がした。

「由姫、もう眠いだろ？　風呂入るか」

　俺はこの状況を打破しようと、そう提案して体を起こした。

「あっ、そうですよね。蓮さん、お先にどうぞ」

「いや、風呂はふたつあるから、一緒に済ませばいいだろ」

「お風呂がふたつっ……」

　また驚いている由姫の手を引いて、風呂場に向かった。


　風呂に入ったら、ちょっと落ち着いたな……。

　風呂を済ませて部屋に戻ると、まだ由姫はいなかった。

　少しして、「お待たせしました」といって戻ってきた由姫。

「長湯してしまって、すみませんっ……」

　使用人が用意した寝具は、由姫にはでかかったのか服がはだけそうになっている。

　せっかく平常心に戻っていたのに、勘弁してくれ……と、頭を抱えたくなった。

「もう寝るか？」

「はいっ……」

　頷く由姫をベッドに案内して、座らせる。

「ここで寝ていいぞ。俺は客間使うから」

　とっとと、ここから出て行かねーと……。

　今の俺が由姫のそばにいるのは、危険だ。

「えっ……一緒には、ダメですか……？」

　俺の考えなんて知る由もないだろう由姫が、寂しそうに聞いてくる。

「……悪い」

　断った途端、悲しそうに眉の端を下げた由姫。

　その表情が見ていられなくて、俺はすぐに言い訳をした。

「いやとかじゃねーからな。ただ……」

　こんなん言っても困らせるだけだろうけど、言わなかったらまた変な誤解をさせてします。

　余計なすれ違いだけは避けたい。

「正直、由姫が俺の部屋にいるってだけで結構やばいんだよ」

　考えた末、そう口にした。

　由姫が、驚いたように目を見開く。

「だから、今日は別々に……」

「ちゃ、ちゃんと覚悟は、できてますっ……」

　俺の声を遮って、部屋に響いた声。

「……え？」

　今、なんて言った……？

　予想外の反応に、理解が追いつかない。

　そんな俺を見つめながら、由姫は顔を真っ赤にして言葉を続ける。

「ほ、ほんとは結構前から、覚悟してました……」

　……っ。

　知らなかった。

　俺だけが欲情を持て余して、触れたいといつも求めていると思っていたから。

　由姫がそんなふうに思ってくれていたなんて、初めて知った。

「蓮さんに求めてもらえるなら、私は……嬉しい、です」

　あー……無理、かわいすぎる。

　目眩がするほどのかわいさに、ごくりと喉が波を打った。

「……本気で言ってるのか？」

　由姫の気持ちは嬉しい。でも……本当に、いいのか？

　俺は由姫が嫌だというなら無理強いは絶対にしたくないし、由姫の心の準備ができるまで、いつまでだって待つつもりだ。

　恥ずかしそうに目を伏せながらも、こくりと頷いた由姫。

「は、はい……」

　ぷつりと、理性の糸が切れる音がした。

　いつまででも待つなんて言ったくせに、もう一秒も我慢できそうにない。

　ずっと抑え込んでいた感情が一気に押し寄せてきて、愛おしさが溢れた。

　由姫をベッドに押し倒して、そのまま唇を重ねる。

「……あ、あのっ……」

　キスの合間に、何か言いたそうに声をあげた由姫。

　俺はなんとか理性を保ちながら、「どうした？」と優し

く聞いた。

「私、初めてだから、何もわからなくて……」

　恥じらう姿がかわいすぎて、全身に強い衝撃が走る。

　それ、煽ってるだけってわかってねーな……。

「何も考えなくていい。俺に委ねろ」

　今すぐ抱き潰してしまいそうな衝動を必死に抑えて、優しく触れる。

「蓮、さん……」

「由姫、蓮って呼べ」

「えっ……」

「さんはいらねーから」

　完全にタガが外れている俺は、ずっと思っていたことを伝えた。

「これからもずっとそう呼べ」

　由姫は俺のことだけを、さん付で呼んでいる。

　恋人の俺が、一番よそよそしい呼び名だ。

　別に不満ってわけじゃないが、できるなら呼び捨てで呼んでほしい。

　全部、俺だけ由姫の特別でいたい。

「ず、ずっとは……が、頑張りますっ……」

「敬語もいらない。……恋人だろ」

「は、はい……じゃなくて、う、うん……っ、やっぱり無理です、急にはっ……」

　恥ずかしそうに、赤く染まっている顔を隠した由姫。

　俺はまんまと煽られて、押し付けるようにキスをした。

「ちょっとずつでいい」

　当たり前のように名前を呼んでくれる日を想像するだけ、満たされた気持ちになった。

「……これからずっと一緒にいるんだからな」

　俺の言葉に、由姫は照れ臭そうに笑いながら頷いた。

　……愛しくてたまらなくて、俺は言葉にできなほどの幸福感に包まれた。

「愛してる、由姫」


【END】

## あとがき

☆ afterword

このたびは、数ある書籍の中から『総長さま、溺愛中につき。SPECIAL ～最大級に愛されちゃってます～』を手に取ってくださり、ありがとうございます!

まさか番外編集まで出させていただけるなんて、光栄な思いです……!

このような機会をいただけたのも、応援してくださった読者様方のおかげです!

一冊まるごと番外編! な本作、楽しんでいただけましたでしょうか?

12人全員分を執筆したのですが、最初のハロウィンパーティーは全員集合、その後のものは全て、以前集計させていただいた人気ランキングを参考に執筆いたしました!

本当は全員分の単独短編を用意したかったのですが、今回はアンケートにて上位にランクインした「蓮」「冬夜」「弥生&華生」「春季」「拓真」にそれぞれ単独番外編を用意させていただきました!

圧倒的な人気だった蓮さんに次いで、冬夜くん・双子まで納得だったのですが、まさか春ちゃんがここまで上位にランクインするとは驚きでした……!

たくさんのご回答、本当にありがとうございました!

　人気が出るか、受け入れていただけるか不安だった登場
人物たちも愛していただけて、とても嬉しいです！

　全4巻＋番外編集と、計5冊となった【総長さま、溺愛
中につき。】シリーズですが、今回で本当のラストとなり
ます！

　執筆が始まってから、ちょうど1年ほどが経ち、この1
年間は総長さまのシリーズのおかげで様々な経験をさせて
いただくことができました。執筆期間はとても楽しかった
ので、寂しい気持ちもありますが、無事に完結することが
できほっとしております！

　ここまで書ききることができたのは、たくさんの方のお
力添えがあったからこそです！

　全巻の表紙・挿絵を担当してくださった漫画家の朝香の
りこ先生。

　そして、今読んでくださっている読者様。

　【総長さま、溺愛中につき。】シリーズに携わってくださっ
たすべての方に、深く感謝申し上げます……！

　最後まで読んでくださり、本当に本当にありがとうござ
います！

　これからも執筆活動に励みますので、またどこかでお会
いできることを願っています！

2020年10月25日　＊あいら＊

## 作・＊あいら＊

大阪府在住。ハッピーエンドを専門に執筆活動をしている。2010年8月『極上♥恋愛主義』が書籍化され、ケータイ小説史上最年少作家として話題に。そのほか、『♥ LOVE LESSON ♥』『悪魔彼氏にKISS』『甘々100%』『クールな彼とルームシェア♥』『お前だけは無理。』『愛は溺死レベル』が好評発売中（すべてスターツ出版刊）。著者初のシリーズ作品、『溺愛120%の恋♡』シリーズ（全6巻）が大ヒット。胸キュンしたい読者に多くの反響を得ている。ケータイ小説サイト「野いちご」で執筆活動中。

## 絵・朝香のりこ（あさかのりこ）

2015年、第2回りぼん新人まんがグランプリにて『恋して祈れば』が準グランプリを受賞し、『りぼんスペシャルキャンディ』に掲載されデビューした少女漫画家。既刊に『吸血鬼と薔薇少女』①〜⑤（りぼんマスコットコミックス）がある。小説のカバーも手掛け、イラストレーターとしても人気を博している。

## ファンレターのあて先

〒104-0031

東京都中央区京橋1-3-1

八重洲口大栄ビル7F

スターツ出版（株）書籍編集部 気付

＊あいら＊先生

KEITAI
SHOUSETSU
BUNKO
野いちご SINCE 2009

# 総長さま、溺愛中につき。SPECIAL
~最大級に愛されちゃってます~

2020年10月25日　初版第1刷発行
2022年 2 月 1 日　　　第 4 刷発行

著　者　＊あいら＊
　　　　©＊Aira＊ 2020

発行人　菊地修一

デザイン　カバー　粟村佳苗（ナルティス）
　　　　　フォーマット　黒門ビリー＆フラミンゴスタジオ

DTP　久保田祐子

編　集　黒田麻希

　　　　小野寺卓

発行所　スターツ出版株式会社
　　　　〒104-0031 東京都中央区京橋1-3-1　八重洲口大栄ビル7F
　　　　出版マーケティンググループ　TEL03-6202-0386
　　　　（ご注文等に関するお問い合わせ）
　　　　https://starts-pub.jp/
印刷所　共同印刷株式会社
Printed in Japan

ISBN　978-4-8137-0987-9　C0193

# 読むたび何度でも恋をする…全力恋宣言！
## 毎月25日はケータイ小説文庫の日♥

心に沁みるピュアラブやキラキラの青春小説、
「野いちご」ならではの胸キュン小説など、注目作が続々登場！

## ケータイ小説文庫　2020年10月発売

## 『溺愛したいのは、キミだけ。』青山そらら・著

美少女だけど地味系な高2・琴梨には、雛乃と美羽という姉と妹がいる。性格も見た目も違う初恋知らずの3姉妹に恋が訪れた⁉ 学年一モテるイケメン男子、クールでイジワルな完璧男子、面倒見のいい幼なじみ男子…。タイプの違う3人の男子の甘々な溺愛っぷりを描いた、胸キュン♡必至の短編集。

ISBN978-4-8137-0970-1
定価：本体 610 円＋税

**ピンクレーベル**

## 『無気力な高瀬くんの本気の愛が重すぎる。』miNato・著

高校生の環は、失恋をして落ち込んでいた。そこに現れたのは、クラスメイトで完全無欠の超イケメン無気力王子・高瀬。「俺が慰めてあげよっか？」と環はファーストキスを奪われてしまう。その後も「俺がずっとそばにいてあげる」「早く俺のこと好きになって」と甘いセリフで惑わせてきて…？

ISBN978-4-8137-0971-8
定価：本体 580 円＋税

**ピンクレーベル**

## 『憧れの学園王子と甘々な近キョリ同居はじめました♡』朱珠・・著

天然ピュアなお嬢様の音羽（高1）は、両親の海外勤務中、カリスマ生徒会長の翼（高3）と同居することに。女嫌いで有名な翼だけど、頑張り屋な音羽を可愛いと思うようになって、雷が苦手な音羽に「もっと頼っていい」と一緒にいてくれたりして…。ラブハプ続出の恋にドキドキが止まらない！

ISBN978-4-8137-0972-5
定価：本体 580 円＋税

**ピンクレーベル**

## 『その瞳が最後に映すのは、奇跡のような恋でした。』尹 麻美・著

高校の入学式の朝、莉奈が出会った恭平はクラスで孤立した一匹狼だった。無性に彼が気になって近づこうとする莉奈に、最初は嫌な顔をしたが、徐々に心を開いていく。実は優しく、本心を見せてくれる恭平に莉奈が惹かれはじめた頃、彼の体に異変が…。相手を信じて想い続ける気持ち、ふたりの強い絆に号泣の感動ラブストーリー‼

ISBN978-4-8137-0973-2
定価：本体 590 円＋税

**ブルーレーベル**